Moby Dick

白鯨記

赫曼・梅爾維爾◆著

導讀

赫曼・梅爾維爾（Herman Melville，一八一九～一八九一）的「白鯨記」（Moby Dick），是一部相當傑出的海洋小説。它藉由一艘捕鯨船「皮科德號」追擊白鯨的故事，描述了海洋的多變多幻、海上航行的技術、船員的海上生涯以及捕鯨的歷史與方法。同時，這部小説更在一次驚心動魄的海洋冒險中，生動地刻畫出每一個參與獵鯨行動者的細膩性格，使得整個故事架構精彩而豐富、情節緊湊而又激動人心。

梅爾維爾於一八一九年生於美國紐約，他的父親是蘇格蘭移民的後裔，母親是荷蘭人後裔。十三歲時，父親經商失敗，憂勞成疾，死後留下一家九口，梅爾維爾為了貼補家用，十五歲便外出工作，曾先後在銀行、商店、農場等地方做過事。梅爾維爾入學讀書的時間很短，工作之餘便自修商業、工程及文學等方面的課程，他尤其喜歡《聖經》一書，據説他的作品便深受其影響。梅爾維爾自二十歲開始，即陸續在報紙上發表幽默小品文，同年，他還至南太平洋經歷了兩年多的捕鯨生涯，後來，他便將其於海上生活的種種體驗與見聞，成功的融入他的創作中，即我們今日所盛傳的「白鯨記」。

梅爾維爾在創作《白鯨記》的那段期間裡，曾參閱了許多其他的文學作品，其中最令他激賞的是《莎士比亞全集》。因此，從其作品中靈魂人物「亞哈船長」的身上，我們不難看出這個角色與莎翁筆下許多瘋狂的人物形象，比如李爾王，比如哈姆雷特等，有著若干的相疊處。此外，梅爾維爾在寫作期間住在麻薩諸塞州鄉村裡，和另一位文豪霍桑不但是鄰居，也是摯友，而霍桑的思想與文學表現手法對梅爾維爾亦有著非常深刻的影響。或者，我們可以做這樣的推論，當梅爾維爾在寫作「白鯨記」時，腦海裡想的是莎士比亞的悲劇，而心中想效法的卻是霍桑直率的寫實態度，這一點可以從其一八五一年成書後，書中著有「獻予霍桑」的字樣得到見證。

自梅爾維爾的「白鯨記」問世以來，眾人對該書的解讀便有許許多多不同的看法。但絕大多數的書評家都認為梅爾維爾此書深富濃厚的宗教色彩。首先，他先是將故事中的那條白鯨塑造為自然界最具威勢的邪惡力量，而亞哈船長即是誓言終結此勢力的悲劇英雄。不過，亞哈船長異常堅定的決心卻表現出一種「瘋狂的病態徵象」，這種病態的心理使其終於淪入自我毀滅的悲劇結局裡。因此，我們或可這麼說，梅爾維爾在情感上是同情亞哈船長的英雄意志，但在理智上，他卻不能認同這種因強烈的復仇心理而導致自我毀滅的魯莽行徑。然而，這樣矛盾且激烈的衝突不僅僅出現在梅爾維爾的作品中，事實上，當代美國的思潮確也正處於一種混亂而煩擾的狀態中，就如同「白鯨記」中皮科德號的所有船員一般，是在雷電交錯、驚濤駭浪裡與兇惡的自然搏鬥。因此，梅爾維爾的這部反應時代思潮的著作，實可稱譽為一部描述海上歷險的史詩作品。

Preface

前言

在許多以海上冒險為題材的故事中，大部分都是描寫海盜船的劫掠，或豪華郵輪的遇難經過，而以獵鯨為主題的故事並不多見，赫曼·梅爾維爾所著的「白鯨記」就是一本相當突出的捕鯨故事。

「白鯨記」是敘述一艘十八世紀的捕鯨船「皮科德號」，由美國東北部的一個小島出發，作環球航行，準備經由大西洋、印度洋、南中國海到達太平洋，他們的目的是獵捕大鯨，以取回鯨油、鯨腦。但是船長亞哈卻懷有另一番心思，原來他在前一次的航程中被一條叫做摩比·迪克的白鯨咬掉一條腿，此番他就是要來報一箭之仇，以消除心中的憤恨。然而摩比·迪克也不是泛泛之輩，牠不但力大凶暴，而且還有一般鯨魚所沒有的智慧、機靈及狡猾，牠似乎能夠洞悉人類的思想，因此在這場人鯨大戰中，不但是在鬥力，也在鬥智。

這本書不但詳細描述捕鯨人在大海中追擊大鯨的經過，對於生命的現象、人性的光明與陰暗面、大自然的神秘莫測、生與死的哲學等亦有探討，實在是一本不可多得的好書。

Contents
目錄

1 捕鯨人旅店

十二月一個星期六的晚上，天空飄著雪。伊斯梅爾興匆匆地由紐約曼哈頓抵達麻薩諸塞州的新貝德福，他準備搭船前往南塔克特，然後開始他企盼已久的捕鯨生涯。

雖然大多數的捕鯨新手都喜歡從新貝德福出航，但是伊斯梅爾打定主意一定要乘南塔克特的船出航，因為這座古老的小島對他有一種莫名的吸引力。

可是當他趕到碼頭時，往南塔克特的最後一班郵船已經開走了，下一個班次要等到下星期一。他懊惱的拎起小旅行袋，既然在新貝德福要等上兩夜一日，此刻最重要的事就是找一間旅店投宿。

寒風刺骨，天色越來越暗，伊斯梅爾在街道上蹣跚地踱步，街道旁的豪華旅店透出溫暖的燈光，他幾乎可以聽到觥籌交錯的杯盤聲，他摸摸口袋裡少得可憐的銀幣，毅然甩甩頭繼續前行。

冷清的街道上，到處都積著厚達十吋的冰雪，他在那有著燧石般尖角的路上走著，益發覺得疲累，但是一間間昂貴的旅店，卻不是他那雙破靴子行進的方向。

街道兩旁越來越荒涼，四周是黑漆漆的一片，偶爾透出的一點燭光，看起來就像墳墓旁晃動的燐火。伊斯梅爾注意到一絲迷濛的亮光自一幢矮闊的屋子裡透出來，這間屋子的外貌並不起眼，大門敞開，彷彿在招引客人，於是他走了進去，一不小心踢到門口的垃圾箱，被絆了一跤，那些揚起的灰塵差點讓他窒息。

他爬了起來，拍掉外套上的灰塵，這時屋內傳來一陣刺耳的聲音，他不加思索地便推開第二道內門，直衝進去，一排排黑色的臉孔同時轉過來盯著他看，講壇上還有一位黑人牧師正在講解一本書，原來這是座黑人教堂，伊斯梅爾尷尬地低下頭，慌忙地退出來。

他繼續往前走，終於發現離碼頭不遠處有昏黃的燈光，這時，空中突然響起一陣淒絕的嘎嘎聲，他抬頭一看，「捕鯨人旅店：彼德．柯芬」的白底招牌在寒風中微微晃動。

那是一幢山頂形的老房子，一邊已經半傾塌，無精打采地歪斜著。伊斯梅爾推門進去，發現自己置身在一個寬闊、低矮、黏有舊式壁板的入口處，牆的一邊，掛著一幅被燻得黑漆漆的大油畫，在入口處對面的牆上，則掛滿一排具有異教色彩、看起來極其怪異的棍棒和魚叉，有些鑲著象牙鋸齒般閃亮的牙齒，有些則裝飾著一撮撮的人髮。

穿過幽暗的入口處，再穿過低拱形的通道，才走到旅店的大廳。不過這兒的照明更為昏暗，上面是低矮而笨重的樑木，下面是老舊起皺的厚板，簡直讓人以為踏進了一艘破船的尾艙。

伊斯梅爾找到店主，表示想要一個房間，店主攤開手，滿懷歉意的說：「已經全部客滿了，連一個空鋪都沒有。」

伊斯梅爾失望地轉身離去，才走了兩步，店主又叫住他。

「喂，慢著！」他說：「如果你不介意跟一個魚叉手擠一擠，還是可以的，我想你是捕鯨人，對這種事應該很習慣才對。」

「我不喜歡和別人同睡一張床。」伊斯梅爾有些不高興地說。

店主聳聳肩：「那我就無能為力了。」

伊斯梅爾迅速地掃視大廳一遍，一群年輕的水手圍聚在桌邊閒聊，有個水手正專心地在水兵小刀上雕刻花紋，他想到自己還得在這陌生而寒冷的城市中繼續尋找旅店，就覺得很不舒服，於是他勉強說：「好吧，如果實在沒有地方住，我想，跟一個還可以忍受的人擠一張床也沒什麼大不了的。」

「我也是這麼想。」店主點點頭，接著又問：「你想吃點什麼東西嗎？晚餐馬上就好了。」

第一批人先進入餐廳，伊斯梅爾打量著同桌的人，忍不住開始想像他的室友究竟是什麼樣的人，他注意到餐桌上有個穿著車夫外套的年輕小伙子，正津津有味的大吃大嚼著，神情相當可怕，他悄聲問店主：

「這傢伙該不會是那個魚叉手吧。」

「啊！不是，」店主扮個鬼臉：「那個魚叉手是個臉色黝黑的傢伙，他什麼都不吃，只吃肉排，特別愛吃嫩肉排。」

「真的？」伊斯梅爾有些疑惑的問道：「那個魚叉手在哪兒？他在這裡嗎？」

「他馬上就來了。」店主肯定的回答。

不久，外面傳來一陣喧鬧聲，店主驀地驚跳起來，嚷道：「『逆戟號』的水手回來了，我今天早晨就聽到海面上的號角聲，三年的航程，滿載而歸嘍！好呀，朋友們，現在我們又可以聽聽斐濟人的新消息了。」

入口處隨即響起一陣噠噠的靴子聲，大門猛地被旋開，一大群身裹毛茸茸值班衫，頭上蒙著毛圍巾，鬍鬚上結著冰柱的水手們湧了進來，直奔向酒吧。

酒精很快就在他們的腦袋中起了作用，沒多久這些人就開始狂叫，亂蹦亂跳了起來。

在一大群吵鬧的人當中，有個人特別安靜，他是這樣突出，與這般喧鬧的場景格格不入，以致伊斯梅爾立即注意到他。那人約有六呎高，雙肩寬闊，他的臉被曬成深棕色，襯托他那口白牙益發顯得醒目，他的表情好像在思索某件事情，使得他的雙眸更加深沈，當他的同伴們在縱酒狂歡之際，他卻悄悄地溜走了。

幾分鐘後，他的同伴們發現他不見了，於是大呼大嚷道：「布金頓，布金頓，布金頓到哪兒去了？」大家紛紛衝到屋外去找他。

在這群狂歡縱飲的水手們離去後，大廳頓時陷入一片死寂，伊斯梅爾又開始想到那個魚叉手，對於要跟他同睡的事實也愈發感到厭惡。

他把咖啡杯往桌上一擺：

「老闆，我又改變主意了。」他告訴店主：「我不想跟那個魚叉手一起睡，我想，我還是在這張長凳上將就一夜吧。」

「隨你的便。」店主望著那張硬梆梆的長凳：「不過，很抱歉！我可沒辦法騰出一張桌布來給你當墊子。」

伊斯梅爾才不在乎有沒有墊子，他把長凳搬到牆邊，堅硬的木板還可以忍受。但是不久，他就察覺到窗台下面吹來一股寒風，而從那扇搖晃的門縫中又吹來另一股冷風，這兩股風正好在他用來過夜的長凳邊交會，形成一陣陣的小旋風。

他實在一點辦法也沒有，這時，他開始想像那個魚叉手的房間，無論如何，睡在房間裡總比在這兒吹冷風好。但是，他能夠先進入房間，把房門反鎖起來，跳上人家的床鋪，任憑魚叉手敲破了門，也不理他嗎？要是真這樣做，誰能擔保他明天早晨一出房門，那個魚叉手不會守在門外，給他迎頭一拳。

伊斯梅爾四下張望，不曉得要如何熬過這個夜晚，看情形他是非得跟人一塊兒睡不可了，然而他還想再等一等，這個魚叉手終究要回來的，那時候他可以好好打量他，說不定到頭來他會發現自己對那個魚叉手所懷的偏見是毫無根據的。

其他的房客陸續回來，上床睡覺，已經快十二點了，那個魚叉手呢？他在心裡咒罵起來，連個鬼影都沒見著。

「老闆，」伊斯梅爾無可奈何的轉向店主問道：「他到底是個什麼樣的傢伙，他——總是這麼晚才回來嗎？」

「不，」店主低聲格格地笑了起來。「他通常是一隻早更鳥，早睡早起，還是那種捉得了蟲的早更鳥呢！但是今晚，他出去兜售東西，我也不知道為什麼會弄到這麼晚，除非——也許，他的頭賣不掉了。」

「他的頭賣不掉了？你在耍什麼花樣？」伊斯梅爾突然怒火上升，聲調也不自覺的提高：「老闆，你是說這個魚叉手在這神聖的禮拜六晚上，甚至禮拜天的早晨，在這個城市裡到處兜賣他的頭？」

「一點兒也不錯，」店主說：「我還對他說，他的貨在這兒是賣不掉的，因為市面上的存貨已經太多了。」

「是什麼太多？」伊斯梅爾詫異的問。

「當然是頭嘍！世界上的腦袋瓜兒不是太多了嗎？」

「我老實告訴你，老闆！」伊斯梅爾壓抑著不悅，仍然保持沈著：「你別再跟我胡扯了，我可不是那種菜鳥。」

「你或許不是，」店主說著，順手取出一根火柴棒，把它削成一枝牙籤，

「不過，我倒認為，如果那個魚叉手聽到你在汙衊他的頭，那你可要變成一隻焦黃的烤小鳥了！」

「我會砸破他的頭。」伊斯梅爾聽到店主莫名其妙的鬼話連篇，覺得火氣又要上來了。

「它早被砸破了。」店主不經意的說。

「砸破了？」伊斯梅爾叫道，他簡直不敢相信自己的耳朵。「砸破了？你是這樣說的嗎？」

「當然，我想這正是他賣不掉的原因。」

「老闆，」伊斯梅爾冷靜而筆直的走到店主面前。「老闆，別再削火柴棒了，我們應該立刻彼此了解一下。我來你這兒，向你要一張床位，你跟我說，只能給我半張床，還有半張床鋪是一個什麼魚叉手睡的。而這個魚叉手，我到現在還沒見到他本人，你就嘮嘮叨叨地編了這許多稀奇古怪的故事給我聽，你非要我跟他一起睡，又存心要我對他產生反感。老闆，你現在就說清楚，這個魚叉手究竟是什麼樣的人，我跟他同鋪是不是絕對安全。還有，你得收回那個關於賣他腦袋的故事，因為如果真有這種事，我可以確定這個魚叉手必定是個瘋子，我不想跟一個瘋子睡在一起。所以，你聽著，老兄，我說的是你，如果你故意欺騙我，你就得負起一切的法律責任。」

「唷，這是什麼嘛！」店主長長地抽了一口氣，「真是亂七八糟。你放心好了，我剛才對你說的這個魚叉手，他剛從南太平洋回來，帶回好些抹了香油的紐西蘭頭，那些骨董全賣掉了，只剩下一個，他想今晚趕快把它賣掉，因為明天是禮拜天，沿街兜售人頭不太好。」

店主的這番說明，才把盤踞在伊斯梅爾心頭的疑團解開，但他還是有些不放心，獨自喃喃說道：

「我敢說，這個魚叉手一定是個危險人物。」

「他倒是按期付房租的。」

店主看伊斯梅爾還撐著下巴在那兒呆怔著，忍不住推他一下。「好啦，好啦！時間已經很晚了，你還是去睡覺吧，那張床挺不錯的，跟我來，我帶你去瞧瞧。」說著，他點燃一枝蠟燭。

伊斯梅爾仍然猶豫不決，但他還是跟著店主上樓，那個房間冷得像冰窖，一眼就可以看見那張大床，大得足夠四個魚叉手並排而睡。

「好了，」店主把蠟燭放在一個既可當洗臉架、又可當桌子用的箱子上，搓搓手，轉向伊斯梅爾：「你安心睡吧，晚安！」

伊斯梅爾的目光由床邊轉過來時，他才發現店主已經不見了。

他在床沿坐下，瀏覽室內的擺設，除了一張床和房間中央的那張桌子外，就只有一個粗糙的櫥架，和一塊上面繪有一個人在捕鯨的壁爐遮板。一張縛著繩索的吊床，被甩在角落的地板上；一只水手用的大旅行袋，裡面裝著那個魚叉手的衣服，此外，壁爐上方的架子上，還有一束外地來的骨裝魚鉤，而床頭上則斜靠著一支長魚叉。

擺在箱子上的東西，引起伊斯梅爾的好奇，他把那件東西拿起來，對著燭光，摸一摸、嗅一嗅，翻弄半天，還是沒法下結論，他只能猜想這是個四邊鑲有叮噹小墜飾的大擦腳墊，有點像印第安人鹿皮靴上骯髒的豪豬毛。但是這塊墊子中央有一個洞，伊斯梅爾把它套穿在身上，試了一試，這個毛茸茸的東西相當笨重，把他壓得幾乎透不過氣來。另外，他還覺得那個毛茸茸的東西有些潮濕，似乎這個神秘的魚叉手曾在雨天穿過它，想到這裡，他立刻把這個毛茸茸的東西脫掉，由於脫得太慌張，結果脖子給扭了一下。

由於時間很晚了，伊斯梅爾不想再多費心思去想那個販賣人頭的魚叉手和他的那塊擦腳墊，他脫去外套，吹熄燭火，便鑽入被窩裡。不知過了多久，在他迷迷糊糊快要進入夢鄉的時候，甬道上傳來一陣沈重的腳步聲，他立刻驚醒過來，然後他瞥見門腳下的微光。

那個魚叉手一隻手拿著蠟燭，另一隻手拿著紐西蘭頭走進房內，他先把蠟燭放在角落的地板上，就逕自去解開旅行袋上的繩結，伊斯梅爾躺在床上緊盯著他的一舉一動，但是魚叉手只是專心做自己的事，根本不朝床鋪望一眼。當他把袋子解開後，轉過臉來，床上的伊斯梅爾看到那張臉後，不禁倒抽一口冷氣，那是一張又黑、又紫、又黃的臉，到處都貼著一塊塊既大又黑的橡皮膏，不出他所料，這是一個挺嚇人的傢伙。只是伊斯梅爾實在想不透，這個魚叉手是怎麼把自己的皮膚搞成那樣的，難道他是被熱帶的太陽曬焦了一層表皮？可是烈毒的太陽會把白人曬成這種黃裡帶黑的皮膚嗎？還是——他曾經落到食人族手中，被他們黥了身？

正當伊斯梅爾在胡思亂想之際，這個魚叉手又很費勁地解開他的旅行袋，他在袋中摸來摸去，不一會兒，掏出一個煙斗斧和一只毛皮夾子，他把這些東西放在箱子上，再把那顆紐西蘭頭塞進旅行袋裡。這時，他摘下頭上那頂嶄新的海獺帽，伊斯梅爾大吃一驚，差點叫出聲來，原來這個魚叉手的頭上，除了腦門上凸起的圓禿形小瘤外，沒有一根毛髮，而他那禿紫的頭顱，看起來活像一個發霉的骷髏。此刻，伊斯梅爾真想翻起身來跳窗逃走。

魚叉手接著開始脫衣服，他的胸膛與手臂就和他的臉一樣，縱橫交錯佈滿許多方塊，他的背脊也同樣遍佈許多黑色方塊。總之，他的全身就好像穿著一件用橡皮膏做成的襯衫。伊斯梅爾的想像有如天馬行空，他幾乎可以確定，這傢伙一定是個野人，在南太平洋搭上一艘捕鯨船，登上這個文明國度。而且他還是個人頭販子，說不定賣的就是他親兄弟的頭，等會兒若是被他看到，也許他會把主意打到自己頭上來。伊斯梅爾想到這裡，不禁渾身打顫。

魚叉手走到椅子旁邊，從外套口袋裡摸出一個小黑人像，然後他踱到空壁爐前，移去那塊遮板，把小黑偶放在壁爐上，再從外套口袋裡摸出兩大把鉋花，小心地放在那具木偶面前，最後把一小塊硬麵包放在鉋花上，用蠟燭點燃鉋花，當作祭火。過了一會兒，他迅速伸手向火裡抓了許多次，又急促地縮回手，彷彿被火灼傷似的，最後他總算把硬麵包從火裡拿出來，在此同時，他的喉嚨還發出嘰哩咕嚕的聲音，像是一種異教的禱告。儀式終於結束，他吹熄了火，並不很恭敬地抓起那具小黑偶，塞回外套口袋中。

看到魚叉手這一些稀奇古怪的舉動，伊斯梅爾更加惴惴不安，他覺得此時應該說些話，但又不知道該講些什麼，正在苦思之際，那個魚叉手自桌上拿起煙斗斧，把它湊到燭火上，嘴巴咬住斧柄，噴出陣陣濃煙，頃刻間，燭火熄了，這個嘴裡咬著煙斗斧的傢伙，隨即跳上床。

床上的伊斯梅爾忍不住大聲叫嚷起來，魚叉手也發出一陣不勝驚愕的咒罵聲，並動手摸索著。伊斯梅爾聽到自己結結巴巴的解釋，他想要魚叉手稍安勿躁，讓他起床把蠟燭點上，可是魚叉手好像沒有明白他的意思。

「你是什麼東西？」他終於說道：「為什麼不吭聲，該死的，我要宰了你。」

黑暗中，伊斯梅爾只看到帶著火花的煙斗斧朝著他揮來晃去，他放聲大嚷：「老闆，趕快來呀！彼德．柯芬，來人呀！柯芬，救命呀！」伊斯梅爾驚慌地亂喊一通。

「快說，告訴我，你是什麼人？」這個魚叉手又開始咆哮：「你再不說，我就宰了你……」

伊斯梅爾只見那把嚇人的煙斗斧在他眼前晃動，火燙的煙灰散落在他四周，他覺得襯衫快要著火了，就在這一剎那，店主手持蠟燭推門進來，伊斯梅爾連忙翻身跳下床，奔到他面前。

「別怕，別怕，」他露齒微笑，安慰伊斯梅爾說：「桂奎革絕不會傷你一根汗毛的。」

「你別盡在那兒乾笑，」伊斯梅爾不滿地嚷道：「你為什麼事先不告訴我，這個凶惡的魚叉手是個吃人的蠻子。」

「我以為你知道，我不是跟你說過，他在城裡兜售人頭嗎？好了，現在你還是上床去睡吧。」他又轉向魚叉手：「桂奎革，聽著，你知道我，我知道你，這個人同你睡，你知道嗎？」

「我完全知道。」桂奎革哼了一聲，咂著他的煙斗，坐在床上。然後，他用煙斗向伊斯梅爾示意，說：「你睡裡面。」並把衣服撩到一邊。

這個舉動不但溫文有禮，而且既厚道又仁愛，此刻，伊斯梅爾覺得，儘管這個魚叉手滿身刺花，但整體而言，他卻是一個乾淨而面貌清秀的吃人蠻子。他對於自己剛才的大驚小怪感到好笑，他害怕這個魚叉手，但對方也可能有同樣多的理由害怕他，因為他們同樣都是人啊！他相信，與其跟一個發酒瘋的文明人同睡，倒不如跟一個神志清醒的吃人蠻子共榻同眠。

「老闆，」伊斯梅爾瞥了桂奎革一眼，向店主說道：「叫他把那把像煙斗的東西放在一邊，別再抽煙了，總之，我現在就要上床，但是我不喜歡跟一個在床上抽煙的人同睡，這是很危險的，而且，我沒有投保壽險。」

店主把話轉告桂奎革，他立刻照辦了。

「晚安，老闆，」伊斯梅爾說：「你可以走了。」

他上了床，生平沒有睡得這麼熟過。

第二天早晨，天色微明，伊斯梅爾就已醒來，他發現桂奎革破補釘似的胳臂親密地擱在他身上，一時之間，他竟沒法分辨何者是桂奎革的手臂，何者是零頭花布拼成的被單。他覺得又好笑又難堪，想要掙脫桂奎革的手臂，但是推了半天，沈重的手臂仍是動也不動，他索性大聲叫喚：「桂奎革。」

對方沒有反應，回答他的是陣陣鼾聲。

伊斯梅爾翻個身，頸子立即像是被馬鞍套住一樣難受，於是他忍不住地高聲叫道：

「桂奎革——求求你，醒來吧！」桂奎革發出一陣嘟囔聲後，收回他的胳膊，忽然，他倏地自床上彈起，坐在那兒一眨也不眨地盯著伊斯梅爾，一面揉搓他的眼睛，好不容易才恢復意識，總算弄清楚他旁邊的人到底是誰。伊斯梅爾不發一語，躺在床上直瞧著他。突然桂奎革一骨碌地跳下地板，打個手勢讓伊斯梅爾明白，他先梳洗，等他出了房間，伊斯梅爾便可以一個人慢慢打點一切，伊斯梅爾覺得這個建議相當不錯。

雖然伊斯梅爾知道偷窺人家的一舉一動是極不禮貌的，但是他的好奇心還是勝過他的教養。他注意到桂奎革先戴上那頂海獺帽子，然後去找他的靴子，他一手拿著靴子，鑽到床底下去，聽到他急促的喘息聲和使勁的聲音，伊斯梅爾猜想他一定是使盡力氣在穿靴子。但是他很納悶，這究竟是哪一國的禮儀，為什麼穿靴子不能讓別人看見？最後，桂奎革總算鑽出來了，而頭上那頂帽子也變得皺癟癟的。

更令伊斯梅爾驚奇的是桂奎革的洗臉法，他只洗洗胸前、兩臂和雙手就算完事。然後，他把肥皂浸在水裡，再將肥皂泡沫塗抹在臉上，伊斯梅爾正在猜測他的刮鬍刀到底藏在何處時，只見桂奎革從床角抽出那支魚叉，原來這支魚叉竟是他的刮鬍刀，這回伊斯梅爾可真算是開了眼界！此時桂奎革開始對著小鏡子，用魚叉猛刮他的臉，他的盥洗工作很快完成，於是他穿起那件寬大的水手上衣，像個樂隊指揮一般，揮舞著他的魚叉，昂然大步地走出房間。

伊斯梅爾迅速下床並完成盥洗。

「嗨！早啊！」那個店主笑著向伊斯梅爾打招呼，眼睛都瞇成一條縫了。

「很好，謝謝！」伊斯梅爾並不理會那個笑容下隱藏的促狹味兒，獨自坐到一旁。

「昨晚睡得還好吧？」

「早餐馬上就好。」大廳裡擠滿了前一晚來投宿的客人，幾乎全是捕鯨人，從大副、二副、三副、船上的木匠、鐵匠、魚叉手到看船人都有，這些人共同的特點就是古銅色的皮膚、結實的肌肉、滿臉落腮鬍子，他們不修邊幅，頭髮蓬亂，大都穿著短上衣代替晨衣。

從每一個人的臉上，可以清楚看出他們上岸時間的長短，例如一個小伙子健康的面頰色澤，有如被太陽烤過的栗子一般，而且似乎散發著一股麝香氣息，那麼他必定是剛從印度洋回來還不到三天；另一個人的膚色雖然隱約殘留著熱帶的黃褐色，但已稍微變白，則此人無疑已在岸上待了一段期間。但是，誰能辨明像桂奎革那樣的面頰呢？那張面頰上雜有各式各樣的色彩，看上去就像山坡上一塊塊的梯田。

「吃飯嘍！」

店主推開門，叫喚大家用早餐，於是大夥兒魚貫地進入餐廳。

伊斯梅爾極想多聽一些有關捕鯨的趣事，可是他放眼望去，每個人都緊閉著雙唇，沈默不語，不但如此，他們似乎還顯得有些忸怩不安，這使得伊斯梅爾感到訝異萬分。

這些人個個都是老練的水手，其中有許多人還曾在狂濤洶湧的大海中，毫不畏縮地與大鯨對抗，而且輕易地即能置大鯨於死地。然而，此刻這批人併坐在這張早餐桌上，卻是靦腆地彼此望來望去。

至於桂奎革呢，他的神情冰冷而嚴肅，像個紳士般端坐在餐桌的上首享用早餐，只是他用的不是刀叉和湯匙，而是他那支隨身攜帶的魚叉。

早餐就在沈悶的氣氛中結束，然後大家退到大廳，桂奎革點起他的煙斗斧，靜靜地坐在一旁吞雲吐霧，伊斯梅爾覺得十分無聊，便到大街上去蹓躂。

新貝德福是個奇妙的地方，在其他商埠，人們只會看到一些水手來來去去，但在這兒，卻可以看到真正的吃人蠻子聚在街角聊天，伊斯梅爾在靠近碼頭的大街上，就碰到許多來自外地，相貌怪異的人。如果任何一個人在文明城市的上流社會中，看到像桂奎革這樣的蠻子會大感驚詫的話，那麼在逛過新貝德福的大街小巷之後，保證他的驚詫感會消失無蹤。

在這裡，捕鯨是人人羨慕的行業，每星期都有許多人從各地擁入這個城市，大家都想在捕鯨業中名利雙收。這些人裡，有些是年輕魁梧的小伙子，他們做過一陣子的伐木工人後，便拋下斧頭，幹起捕鯨人；更有些公子哥兒們，平時連皮膚都捨不得曬黑，竟也想加入這偉大的捕鯨行列。

這裡流傳著這麼一個笑話：一個鄉下的闊少爺，平日在他的田地裡幹活兒，因為怕太陽曬黑他白嫩的雙手，竟在大熱天戴著鹿皮手套去割草，有一天他突然興起一個念頭，想要一舉功成名就，於是加入捕鯨船，但他對捕鯨這一行完全不瞭解，在上船前，特地訂製一套衣服，有鈴鐺形鈕釦的背心及吊帶褲，結果被船上的狂風一吹，吊帶纏上繩索，其窘狀可想而知。

新貝德福原本是個貧瘠荒涼的不毛之地，如今街道兩旁都是豪華的宅邸和花團錦簇的花園，甚至連公園都極為壯觀，究竟是什麼原因使得這個城市由貧窮變為富裕呢？由市中心豎立的偌大鐵魚叉模型，就足以說明它對這個城市象徵的意義了。不錯，就是魚叉，捕鯨人跑遍各大洋，用魚叉自海裡叉回的鯨魚，造就了新貝德福。

據說，新貝德福的每戶人家都有貯油庫，每夜都是通宵點著鯨腦燭，而做父親的都以鯨魚當做給他們女兒的嫁妝，即使關係較遠的旁系親屬，亦可以分得些許小鯨魚，到新貝德福，可千萬不能錯過那些豪華闊綽的婚禮。伊斯梅爾在街上蹓躂一圈後，便走向教堂。凡是出發到遙遠的印度洋或太平洋的捕鯨人，為使心靈得到寄託，很少禮拜天不上教堂的。

2 桂奎革

原本晴朗寒冷的天氣，這時轉為雨雪紛飛，天地間灰濛濛的一片，氣溫持續下降。伊斯梅爾緊裹著那件熊皮毛料大衣，頂著大風雨往教堂的方向走去。

牧師還沒有來，教堂裡面零零落落地坐著一些信徒，有水手、水手的妻子及寡婦，每個人都是心事重重的樣子，不是低頭沈思，就是茫然地望著講壇。

嵌在講壇兩側牆上，鑲著黑邊的兩塊大理石碑是如此醒目，以致伊斯梅爾才一進門就注意到了。他抖掉帽子上和大衣上的雨雪，在靠近門邊的椅子上坐下，就在他側頭的當兒，出乎意料地竟瞥見桂奎革坐在離他不遠的地方，彷彿他已感受到教堂肅穆的氣氛，只見他臉上露出那種半信半疑、想一探究竟的奇異表情。伊斯梅爾心想，桂奎革大概是唯一會注意到他進來的人，因為只有他不識字，不會去看牆上那些冷冰冰的碑文。

那些碑文使得伊斯梅爾的心緒變得混亂，他無法相信自己竟會在啓程前往南塔克特的前夕，在這昏暗而陰沈的日子裡，坐在這兒唸著那些已死去的捕鯨人的經歷，而他也可能將朝著這種命運一步步邁進。

他低頭思索一陣，心情豁然開朗起來，不錯，捕鯨的確是個極端危險的行業，頃刻間就能把人帶入死亡的深淵，但是，那又怎樣呢？一個人的身軀只不過是他本體的殘渣罷了，如果誰要他的軀體，他會毫不猶豫的說：「拿去吧！它並不屬於我。」破船也好，殘軀也罷，唯有他的靈魂才是真正屬於他自己的，沒有人能夠攫走。

在聽完牧師的講道後，伊斯梅爾發現桂奎革不知何時已離開教堂，於是他慢慢踱回「捕鯨人旅店」，上樓回到房間。

此刻，桂奎革正伸長雙腿，獨自一人坐在火爐前面的一張椅子上，一隻手緊緊握著那個小黑偶，另一隻手則拿著小刀，順著小黑偶的鼻梁輕輕刮下來，嘴裡還低哼著異教的調子。

當他看到伊斯梅爾推開房門時，立即跳了起來。迅速收起小黑偶，然後跑到桌邊，捧起一本大書放在膝上，就這樣一頁頁地數了起來，每數到五十頁，就停一下，茫然地向四周張望，同時發出一陣驚嘆的嘖嘖聲，然後又開始數起第二個五十頁來，每次好像都從一開始算，彷彿超過五十以上的數目他就不會算，而

且，只有到數足五十頁這麼一個數目時，才會激起他對眾多頁數的驚奇。

伊斯梅爾很有興趣地在旁邊觀看這一幕。儘管桂奎革滿臉都是可怕的疤痕，但是他的相貌卻不會令人討厭，至少靈魂是無法隱蔽的。伊斯梅爾幾乎可以透過他渾身可怕的刺青，看到一個質樸的靈魂，他那對深沈的大眼裡，閃動著炯炯的黑光和勇猛的神氣，彷彿象徵著一種毫不畏懼、能夠抵禦無數惡魔的精神，此外，他的身上還具有某種崇高的氣質，這是他那粗魯的外表無法完全抹煞的。

爐火燒得很旺，室內顯得寧靜而柔和，與屋外的狂風驟雨形成強烈的對比。伊斯梅爾假裝凝視窗外的暴風雨，實際上卻在仔細端詳著桂奎革，而桂奎革始終全神貫注地數著那本書的頁數，完全忽略伊斯梅爾的存在，這使得伊斯梅爾覺得無法了解他。昨晚他們曾經和睦地睡在一起，今早醒來還發現他擱在他身上那隻親暱的手臂，而此刻在他面前的這個人卻是神情冷漠，好像不認識他。

晚霞和幢幢暗影正逐漸朝窗櫺靠攏，悄悄窺伺著這兩個沈默、孤寂的人。伊斯梅爾進一步發現這個粗野的蠻子有種難以言傳的神態，絲毫不帶一點文明人的虛偽與假殷勤，他下定決心，要試著結交這個異教徒朋友。

他把座凳搬到桂奎革身邊，友善地比手劃腳，極力與他交談，起初桂奎革並

未留意他這種親近的舉動，但是不久，他就領會了。他們兩人一起翻書，伊斯梅爾詳細解釋那本印刷物的用途和書內插圖的意義，這引起桂奎革濃厚的興趣，他們開始天南地北的閒聊起來。

當伊斯梅爾提起要抽煙時，桂奎革立刻掏出他的煙袋和那把煙斗斧，不聲不響的遞給他吸，於是，他們就這樣一起坐在那裡，輪番抽著那把極具種族色彩的煙斗。

經過這番愉快而親切的會談，他們之間的隔閡很快地就消除了，桂奎革冷若冰霜的態度不見了，現在，他們已經成為很要好的朋友。

吃過晚餐後，他倆又熱絡地談了好一陣子，這時，桂奎革將他的身世告訴伊斯梅爾。

原來桂奎革是可可伏柯的王子，他父親是個大酋長，也就是國王，他叔父是個大祭司，而他母系的姨娘們，則都是一些戰無不勝的武士妻子，所以他的身上流著優越高尚的血統，從小他就立定志願，不只是要看看一兩個傑出的捕鯨人，他還要多看看文明世界的國度。

後來機會來了，有一艘船駛到他父親統治下的港灣，桂奎革想搭乘它到文明

人的地方去，但是這艘船並不缺水手，即使他的國王父親也無法為他在這艘船上安插一個職位。最後，船開走了，但桂奎革卻不死心，他獨自坐上一隻獨木舟，划到一處遙遠的海峽，因為他知道那艘船必定要經過那個地方。

他耐心地等待，果然那艘船緩緩駛來，等船接近，桂奎革像閃電一般迸射出去，抓住船舷，爬上錨鏈，直攀上甲板，船長恐嚇要把他拋進大海，還把一柄彎刀架在他赤裸的手臂上，但是桂奎革絲毫不為所動，最後船長被他這種奮不顧身的驍勇和探訪文明世界國度的熱望所感動，終於大發慈悲，讓他留下來，並將他安置在水手群裡，他因而成為一名捕鯨人。

在桂奎革的內心裡，一直想在文明世界中學得一些技藝，而這些技藝最好能協助他的同胞，使他們能過著比原來更幸福、更美好的生活。但是，這些捕鯨人的實際情況卻讓他立即看出文明人的卑鄙與邪惡，到此時他已完全絕望，他想，既然世界到處充滿邪惡，他還是做一輩子的異教徒吧。

就這樣，他雖然生活在這些文明之中，穿他們的衣服，學他們的語言，但內心裡，他依然是一個偶像崇拜者，所以，即使他離鄉甚久，他仍能保有原來的生活方式。

「既然你對你家鄉的一切念念不忘，那你有沒有考慮過回去繼承王位？」伊斯梅爾問道。

「不，我還不想回去。」

「為什麼？」伊斯梅爾非常好奇，桂奎革實在太矛盾了，他不喜歡文明世界，卻也不願返回家鄉。

「我已經受到文明人的影響，恐怕不配繼承歷經三十代純淨無瑕的異教王座。」他停了半晌，悠悠的說：「我想不久後，我還是會回去的，但是目前，我打算到各處漂泊，到四大洋去闖蕩一番。他們讓我成為一名魚叉手，現在，這支有倒鉤的武器就是我王笏的代替品。」

「那你目前有什麼打算呢？」伊斯梅爾關切的問道。

「我想，我還是出海去幹我的老本行吧！」桂奎革有些無可奈何的說。

「喔！我也打算去捕鯨呢！」伊斯梅爾高興的嚷道：「我正準備搭船去南塔克特，你知道，那裡是熱愛冒險的捕鯨人最應該去，也最有發展的港口。」

「真的，」桂奎革立刻顯出極大的興致，他熱切的說：「我可以陪你去那個島嶼，我們可以上同一艘船，在一起值班，同上一隻小艇，吃同樣的伙食，總

之，我們同甘共苦，禍福與共。」

伊斯梅爾用力點頭，欣然接道：「對，我們攜手並進，勇敢地去體驗出生入死的經驗吧。」

他們又一塊兒抽了一會兒煙，便一同回到房裡。

桂奎革把那個抹了香油的人頭送給伊斯梅爾，又掏出那只大煙袋，在煙絲底下摸了一陣，掏出大約三十塊銀幣，他把銀幣全攤在桌子上，笨拙地分為兩份，將一份推到伊斯梅爾面前，說道：

「這是你的。」

「不——」

伊斯梅爾正要推辭，但桂奎革的動作更快，他不由分說將一半的銀幣全倒進伊斯梅爾的褲袋中，伊斯梅爾也就恭敬不如從命的接受了。

然後桂奎革開始進行晚禱，他把那個小黑偶拿出來，移開遮板，伊斯梅爾看出桂奎革很希望他也一起做晚禱，但他是個虔誠的基督徒，怎能跟這個野蠻的偶像崇拜者一同膜拜他那塊木頭呢？他在內心掙扎良久，究竟該答應還是拒絕好？

終於他點燃鉋花，幫忙豎起小黑偶，與桂奎革一同將燒過的硬麵包供到它面

前，對它膜拜兩三次，還吻了它的鼻子，做完這些動作後，他們才心平意靜地就寢。

星期一早上，伊斯梅爾把那個抹了香油的人頭賣給一個理髮師去做頭型後，便到旅店老闆那兒結帳，事實上，他用的都是桂奎革的錢。

彼德．柯芬很熱心地向他推薦南塔克特的旅館。

「你可以到我表弟荷西亞．胡賽開的『鯨油鍋旅店』，那是全南塔克特設備最好的旅店之一，而且，」他拍著胸脯保證：「他們的雜燴很有名，到了南塔克特，絕不能不到『鯨油鍋』大飽口福一番，否則會讓你後悔一輩子哪！」

當他們要離去時，彼德．柯芬還不斷叮嚀他們行走路徑：「不要忘記啊，沿著大路直走，右邊有間黃色倉庫，走到左邊有一座白色教堂的地方，然後繼續沿著左邊走，到了距離先前右邊有三個路口的地方拐彎，拐過彎後，打聽一下就可以找到『鯨油鍋旅店』了，祝你們一路順風。」

他們借來一輛手推車，裝上行李後，便離開「捕鯨人旅店」，出發前往碼頭。沿途街上的行人都目不轉睛地盯著他倆瞧，但他們並不理會路人的目光，逕自輪流推著手推車向前走，桂奎革不時停下來整弄他那支魚叉鉤的套子。

「你為什麼隨身帶著這麼累贅的東西？」伊斯梅爾不禁問道：「是不是所有的捕鯨船都沒有備置魚叉？」

桂奎革笑著搖搖頭，低頭打量那支魚叉道：「我特別鍾愛自己的魚叉，因為這是用上好的材料打造而成的，它與我共同經歷許多次生死搏鬥，擊中許多大鯨的要害。」

這種情形就跟許多刈草及割稻的人一樣，雖然不一定非自備工具不可，但他們總是隨身攜帶自己的長柄大鐮刀。

伊斯梅爾和桂奎革抵達碼頭，付過船費，安頓好行李後，就搭上一艘雙桅小郵船「摩斯號」。

當「摩斯號」緩緩離開碼頭，順流而下時，他們可以清楚看到新貝德福市街一排排整齊的屋舍，街上那些被冰雪覆蓋的樹木在晴朗凜冽的空氣中閃閃發光。

另一邊的碼頭上則堆積著許多大大小小的桶子，而遨遊世界的捕鯨船卻悄悄地停泊在旁邊，附近不時傳來木匠、桶匠混雜著響徹雲霄的火燒鐵打的聲音，這一切都顯示新的巡弋即將開始；一次最危險而漫長的航行雖然結束，但卻是第二次航行的開始；而第二次航行的結束，又不過是第三次航行的開端，如此循環，永無止息。

郵船駛進比較寬闊的海面，涼爽的海風令伊斯梅爾覺得精神抖擻，他注意到桂奎革似乎也和他一樣，陶醉在這水花四濺的船頭邊，因為他黝黑的鼻孔脹得老大，甚至連那口整齊而銳利的牙齒也都露了出來。

此刻，「摩斯號」正順著疾風急駛，船頭一仰一潛，當船身往旁邊一斜，他倆也往旁邊一傾，每根繩索都像電線般晃得叮噹作響，而兩根擎入空中的桅桿，則像疾風中的印第安棕櫚般的彎曲著。

他們站在猛烈顛簸的船頭斜桅邊，享受眼前搖擺的景色，船上的乘客都對他們投以嘲笑揶揄的眼光，伊斯梅爾不屑地瞥了那些人一眼，在這群人中，一定有初當水手的蠢傢伙，而有些人的表情是如此幼稚，必定是未見過世面的蠢蛋和鄉巴佬。

這時，桂奎革突然轉身，一把抓住在他背後扮鬼臉的毛頭小子，伊斯梅爾幸災樂禍地想著，這個鄉巴佬要倒楣了。這個身體結實的蠻子，扔下他的魚叉，把這個小伙子一把拎了起來，用一種不可思議的靈巧和手勁，把他往空中一拋，在他翻觔斗的時候，朝他的屁股輕輕一拍，那傢伙雙腳落地，肺都要炸開了。然後桂奎革轉過身，瞧也不瞧他一眼，點起他的煙斗斧，遞給伊斯梅爾。

「船長，船長，」那個鄉巴佬高聲叫嚷著奔向船長：「船長，船長，你看那惡棍。」

那個瘦得像塊船板的船長，大步走到桂奎革面前，叫道：

「喂，老兄，你到底是什麼意思？難道你不知道你會把那傢伙弄死嗎？」

桂奎革莫名其妙地瞪視著船長，然後轉向伊斯梅爾問道：

「他說什麼？」

「他說，」伊斯梅爾答道：「你幾乎要把那邊那個人給弄死了。」他的手指向那個還在發抖的毛頭小子。

「弄——死」桂奎革怔了片刻，叫嚷起來，他那張刺花的臉孔扭曲成一副可怕而蔑視的神情，「哈，他是一條很小的魚兒，桂奎革不殺……那麼小的小魚兒，桂奎革要殺……大鯨。」

「喂！」船長咆哮著：「如果你膽敢在我的船上要花招，我就要弄死你，你這蠻子，你最好給我小心點。」

就在這時，「摩斯號」的主帆由於受到強風巨大的壓力，風帆被撕裂成兩片，可怕的帆槓正急速地左右飛擺，橫掃向後甲板，那個吃了桂奎革苦頭的小伙子被掃中，落入大海中，全船的人慌成一團，像是發狂似的，想抓住那帆槓讓它停下來，但是帆槓依然從左到右擺個不停，而且幾乎每一秒鐘就來回飛掃一遍，似乎隨時都有碎裂成片的可能。

甲板上的人們爭相奔向船頭，站在那兒呆望著帆槓，一時之間竟束手無策。

在這種慌亂的情況下，桂奎革充分表現出超人的膽識，他靈巧地跪倒在甲板上，在帆槓來回擺晃的地方匍匐前進，然後猛然抓住一根繩索，把繩索的一端綁在舷牆上，等帆槓蕩過他頭頂的時候，他迅速將繩索的另一端準確地拋過去，套住帆槓，再猛地一拉，這根圓木就被緊緊地栓住，於是，一切又恢復了平靜。

這艘船繼續順風行駛，當大家正在清理船尾時，桂奎革卻脫光上衣，從船側躍入冰冷的水中，足足有三、四分鐘，他像一隻狗似的泅游著，兩條長臂輪流向前方直甩出去，伊斯梅爾得意地望著他偉大而光榮的伙伴，可是，一直沒見到他救起什麼人來。

過了一會兒，桂奎革從水裡筆直地冒了出來，迅速向四下掃視，然後又潛入水中不見了。

再過幾分鐘，他又冒出水面，一隻手划著水，另一隻手則拖著一個毫無生氣的軀體。船上的人立即將他們拉上來，這時，那個可憐的鄉巴佬已漸漸甦醒過來，大家的注意力開始轉向桂奎革，七嘴八舌地稱讚他是個了不起的好漢，連船長的態度也有了一百八十度大轉變，並親自過來向他道歉。

「摩斯號」終於抵達南塔克特，當它從容拋錨泊岸時，已是暮色深沈。伊斯梅爾和桂奎革上岸後，就循著路去找彼德．柯芬介紹的「鯨油鍋旅店」，路徑彎彎曲曲，把他們的頭都弄昏了，終於他們看到一座黃色倉庫。「該往這邊走。」桂奎革說。

伊斯梅爾盯著那座黃色倉庫，喃喃說道：「倉庫應該是在右邊。」

「依我們出發的第一個方位來看，倉庫應該是在左邊。」桂奎革堅持道。

「不，我記得很清楚，彼德．柯芬說過，倉庫是在右邊。」

他們在黑暗中摸索了好一陣子，沿途還不時敲門問路，最後終於來到這間外表看起來還不錯的旅店。

「鯨油鍋旅店」是一幢古老的房子，門前豎有一根舊中桅，橫木兩邊各吊著一個前後搖晃的漆黑大木鍋，而橫木的兩角都鋸掉一邊，眼前這種景象，使得伊斯梅爾心神微感不安，這根舊中桅看起來就像是一具絞刑架，不過，這難道是他自己太敏感了不成？

他再次抬起頭，瞥了那兩隻殘存的橫桁角一眼，脖子上不禁一陣發麻，不錯，一共是兩隻，一隻給桂奎革，一隻給他。這是不祥之兆，他心想，打從他登上第一個捕鯨碼頭就開始覺得不對勁，先是碰到一個名叫「棺材」的店主，然後在小教堂裡，那些墓碑又直瞪著他。如今到了這裡，卻又碰到絞刑架，還有一對大黑鍋！難道這對大黑鍋是在暗示他什麼嗎？

一陣腳步聲打斷了伊斯梅爾的沈思，他看到一個滿臉雀斑、頂著一頭稻草色頭髮，身著黃袍的婦人站在旅店的前廊，她頭頂上方那盞泛出昏紅光線的小燈，在伊斯梅爾看來，像極了一隻受傷的眼睛，她正在嘮嘮叨叨地咒罵著一個身穿紫色羊毛衫的男人。

「你給我滾開，」她向那個男人吼道：「否則我要揍你了。」

伊斯梅爾跨步向前。「來吧，桂奎革，」他說：「那是胡賽太太，錯不了的。」

原來荷西亞．胡賽不在家，現在是由胡賽太太全權管理旅店中的事務。

當胡賽太太得知他倆要吃飯和住宿後，便暫時停止她的叫罵，領著他們走到一個小房間，叫他們坐在那張殘羹剩菜還未清理的桌前。

「蛤蜊還是鱉魚？」她問。

「鱉魚是怎樣做的？胡賽太太。」伊斯梅爾客氣地問道。

胡賽太太根本不理會他的問題，只是重複問一遍：「蛤蜊還是鱉魚？」

「你是說一隻蛤蜊當晚餐？一隻冷蛤蜊是嗎？胡賽太太。」伊斯梅爾說：「不過，在這麼寒冷的十二月，蛤蜊吃起來不是太冷又太黏答答了嗎？」

可是胡賽太太似乎只聽到「蛤蜊」兩個字，她匆匆走向通往廚房一扇敞開的門，大聲吩咐：

「兩人一隻蛤蜊。」轉眼就不見人影。

伊斯梅爾心想，她大概又急著繼續去罵那個穿紫色羊毛衫的男人。

他轉身向桂奎革問道：「你想，我們兩人合吃一隻蛤蜊頂得了一頓晚餐？」

這時，廚房裡傳來陣陣又暖又香的熱氣，不久那盤熱騰騰的雜燴就被送上桌，那是用許多多汁、細小如棒子的蛤蜊攙和麵包屑和醃豬肉薄片所製成，淋上牛油，並撒上足量的胡椒和鹽來調味，美味可口，他倆很快就吃得盤底朝天，但仍覺得意猶未盡。

伊斯梅爾滿足地往椅背上一靠，想到剛才胡賽太太叫蛤蜊的事，他也想如法炮製，於是他走到廚房門口，拉長聲調叫了一聲「鱉魚」，然後再回到座位。

過了一會兒，一客色香味俱佳的鱉魚雜燴就端到他們面前，這回的香味與剛才的稍有不同。他們倆仍是忙著用湯匙在碗裡撈來撈去，大快朵頤一番。

「喂，桂奎革，你瞧，你碗裡不是有一條活鱔魚嗎？」伊斯梅爾打趣道：「你的魚叉在哪兒呀？」

「鯨油鍋旅店」確實是這個大漁區中最富魚味的地方，因為旅店的鍋子裡總是煮著雜燴，早餐吃雜燴，午餐吃雜燴，晚餐還是吃雜燴。而屋前的空地上全鋪滿蛤蜊殼；胡賽太太頸子上掛著的項鍊也是用鱉魚骨做成的；荷西亞·胡賽的帳冊也是用上好的舊鱉魚皮所裝釘的。此外，令伊斯梅爾大感不解的是，牛奶裡也有一股魚味，直到他看到胡賽先生的那頭花斑母牛吃的也是魚骨魚雜，才頓時明白過來。晚餐後，他們從胡賽太太那裡拿到一盞燈，當桂奎革想越過伊斯梅爾先上樓時，那個女人伸出一隻手臂橫在他前面。

「把那支魚叉留下來，我不准任何人把魚叉擱在房裡。」

「為什麼不行？」伊斯梅爾抗議道：「任何一個真正的捕鯨人都會隨身帶著他的魚叉睡覺的。」

「這實在太危險了，」她說：「打從那個名叫史蒂格的小伙子經過不幸的航行回來——出航四年半，卻只帶回三桶魚肚腸——結果腰間插著一支魚叉，死在我二樓後面的房間裡。自此之後，我就不准客人把這種危險的東西帶到房裡過夜。所以，桂奎革先生，我要先收下這支魚叉，明天早晨再交還給你。」桂奎革乖乖交出魚叉，他倆便走上樓梯，胡賽太太的聲音又追了上來。

「啊，還有那雜燴，你們明天早餐要蛤蜊還是鰲魚？」

「兩樣都要，」伊斯梅爾回答：「再給我們加上兩條燻青魚，換換花樣。」

3 皮科德號

伊斯梅爾原是個商船水手，雖然熟悉海上生活，但對於捕鯨之道卻一竅不通，而桂奎革則是個經驗豐富的魚叉手，因此伊斯梅爾極想藉重他的智慧與經驗，去挑選一艘最稱心如意，又一定能使他們發財的捕鯨船。但是桂奎革卻堅持，他們不必一起去碼頭，由伊斯梅爾全權選擇並決定船隻，因為他的小黑神是這麼告訴他的。

伊斯梅爾對於桂奎革事事都依賴小黑神對於事情的預測及判斷，並把它當做萬能的神感到很不以為然，他認為這個小黑神，就一般而言，它能指引人類向善，但是它仁慈的謀略卻不是每次都靈驗。

翌日一早，伊斯梅爾讓桂奎革與小黑神留在「鯨油鍋旅店」施行齋戒，就獨自前往南塔克特碼頭。

這兒真不愧是個捕鯨大港，碼頭上聚滿大小船隻，而且還有許多捕鯨船尚未歸港呢。伊斯梅爾東逛逛西逛逛，多方詢問後，終於得知短期內有三艘船準備啓航，進行為期三年的捕鯨作業，這三艘船分別是「魔鬧號」、「珍饈號」及「皮科德號」。

他站在那兒研究了半天船名，卻仍不明白「魔鬧」的典故，「珍饈」則可顧名思義，而「皮科德」呢？這無疑是麻薩諸塞州一個已經絕跡的印第安部落的名字。

他一再窺探並到處打聽「魔鬧號」的詳細情形，再跳到「珍饈號」上巡視一番，最後才登上「皮科德號」，他四下打量一陣，立刻決定這正是他們要上的船隻。

「皮科德號」是一艘罕見的舊式船隻，比一般捕鯨船略小，外表看去宛如一件古色古香、有爪有腳的家具，那陳舊而黝黑的船身，彷彿飽經大自然的磨練及風浪的洗禮，那莊嚴的船頭好像長滿鬍鬚，挺直的桅桿聳入雲霄，然而甲板卻因年代久遠而有些斑駁起皺了。此外，這艘船尚有許多與眾不同的特徵。

整體而言，這艘船彷彿是用它所獵擊到的敵人骸骨來裝扮自己，整艘船都鑲嵌著一種奇特的材料，它的舷牆寬闊，四周裝飾得像是一個櫛比鱗次的牙床；長而尖的抹香鯨齒被嵌在舷牆上當作栓梢，用來縛住舊麻繩；在舵上則裝有一只十分醒目地舵柄，那舵柄是用它敵人的整塊狹長下顎骨精工鏤刻而成的。

這是一艘高貴的船！然而不知怎的，它彷佛隱隱透出一股憂鬱的氣息。

伊斯梅爾想找船上的負責人談談，看看他是否有機會能成為這艘船的水手，但是他東張西望，幾乎把前後甲板望穿了，卻連一個人影也沒見著，只看到主桅後方，有一個奇形怪狀，像是印第安帳篷似的小房子。

那是一個高約十呎的圓錐體，用一條露脊鯨下頦的中央和頂部大塊柔軟的黑骨頭所構成。這些石板似的大塊骨牌插在甲板上，圍成一個圓圈，以繩子束緊，相互斜靠在一起，在頂端結成一個尖簇。船頭那邊則開一個三角形的出入口，裡面的人可以清楚地看到前方的情形。

伊斯梅爾走到小帳篷旁邊，探頭向內張望，終於發現一個看起來像是負責人的老頭子，他的皮膚棕褐，身體結實，裹著一件藍色粗呢舵工衣。伊斯梅爾注意到他那雙眼睛的四周，交織著許多細細密密，只有用顯微鏡才能看得清楚的網紋，那顯然是由於他經常站在強風之中，迎風瞭望的緣故，只有如此才會使他眼圈的肌肉因而皺縮在一起。

由於正值中午，船上所有的工作都暫時停頓，這個老頭也坐在一張古色古香的橡木椅上休憩。

伊斯梅爾走過去，「這位可是『皮科德號』的船長？」他問。

「如果是的話，你找他幹嘛？」對方不客氣地回問。

「我想知道，這艘船還有沒有缺人？」伊斯梅爾說道：「我想當水手。」

「你想當水手，就是你嗎？」老頭叫起來，然後上上下下打量他，「我看你不像是南塔克特人吧！嗯，你以前有乘過失事的小艇嗎？」

「沒有，從沒有過，先生。」伊斯梅爾立刻回答，彷彿回答晚了，人家會不相信他的話似的。

對方的雙眼仍然瞪視著他。「我敢說，你對捕鯨這行根本是一竅不通吧！」

「是的，我完全不懂，先生。不過我很快就可以學會。」伊斯梅爾熱切的說：「我曾經跑過幾趟商船，所以我想……」

「該死的商船，少跟我提這檔事！」老頭猛然打斷他的話，「你聽清楚，要是你再跟我提什麼商船，我會把你那條狗腿從屁股上拆下來。商船商船，哼！你以為在商船上幹過很風光是吧，好了，算你走運！我不跟你計較了。現在，我問你，你為什麼要去捕鯨？看情形有點問題，不是嗎？你沒幹過海盜吧？你搶過你以前的船長嗎？」他停了一下，繼續提出只有他才想得出的怪異問題：「你出海的時候，曾經計畫謀殺高級船員嗎？」

「沒有，我從沒有幹過這些勾當。」伊斯梅爾堅決地聲明：「我甚至連想都沒有想過。」

此刻，他的直覺告訴他，這個老頭在這些半開玩笑兼諷刺的假面具下，隱藏著南塔克特人的偏見，或許這傢伙除了科德角及瑪莎葡萄園這些地方的人外，是不會信任其他外地人的。

「但是你為什麼會選擇捕鯨這個行業呢？」老頭繼續問道：「別奇怪我這麼問，我得先弄清楚這碼子事，才能考慮是否雇用你。」

「我只是想體驗一下捕鯨生活的滋味。」伊斯梅爾滿懷熱忱的說道：「我想見見世面，開開眼界。」

「哦！想體驗一下捕鯨生活。」老頭的眉毛挑得老高，忽然問道：「你有沒有見過亞哈船長？」

「亞哈船長？」伊斯梅爾疑惑地問道：「誰是亞哈船長？」

「呃——呃，我想應該這樣說，亞哈船長就是這艘船的船長。」

「哦？」伊斯梅爾盯著他，緩緩說道：「那麼大概是我弄錯了，我以為我在跟船長本人說話呢！」

「你是在跟畢立格船長說話，小伙子，我就是畢立格船長。」老船長畢立格曾在「皮科德號」上擔任大副多年，後來他升格為船長，指揮自己的船隻，現在他已經退休，成為「皮科德號」主要的股東之一。他告訴伊斯梅爾：「我與比爾達多船長一塊兒負責『皮科德號』開航的種種事情，包括購置船上一切必要的用品，以及水手的聘雇，我們是股東也是經理人。不過，我得把話說在前頭，如果你是想體驗一下捕鯨生活的滋味，就如你剛才所說的，那麼在你還沒有決定以前，我建議你最好去看看亞哈船長，小伙子，你會發現，他只有一條腿。」

「你這話是什麼意思？先生，你是不是在暗示我，他的另一條腿是給大鯨咬掉的？」伊斯梅爾嚴肅地問道。

「給大鯨咬掉的，哼！小伙子，你過來！」畢立格船長一手攬住伊斯梅爾的肩膀，斜睨著他：「我告訴你，他那條腿是給弄碎過小艇的鯨魚中，最凶猛的抹香鯨給吞吃、咬斷的，哎呀！嘖……」

伊斯梅爾有些被畢立格船長的表情嚇住了，尤其他話尾那幾聲哎呀，更是令人覺得毛骨悚然，但是伊斯梅爾仍然保持平靜地說道：

「先生，我相信這些都是事實，但是我怎麼知道你說的那種鯨魚會特別凶猛呢？坦白說，我頂多認為那只是一件意外罷了！」

「聽著，小伙子，你究竟只是個沒見過大世面的傢伙，還不懂什麼訣竅。」畢立格提高嗓門說道：「告訴我，你確實出過海嗎？」

「先生，」伊斯梅爾說道：「我想我剛才已經說得很清楚了，我跟過四趟商……」

「夠了，別再說了！」畢立格船長迅速打斷伊斯梅爾的話，「記住我跟你說過商船的事，別惹我發火，我不聽那一套。不過，我倒覺得我們最好先彼此了解一下，我已經提醒你捕鯨是怎麼一回事了，現在，你告訴我，你是不是還有意思要幹這行？」

「是的，先生。」伊斯梅爾肯定的回答。

「好極了，那你是不是有本事把魚叉直對著一條活鯨的喉嚨戳下去，然後再衝過去追擊牠？快回答我！」

「先生，如果非這樣做不可，」伊斯梅爾有些遲疑，「我是說，如果確實無法避免要這麼做的話，我想我會做的，但我不認為真的需要那麼做。」

「很好，很好。總之，你不但要去捕鯨，還要去體驗一下捕鯨生活的滋味，而且也要藉此去見見世面，對不對？我記得你是這麼說的。好，現在你到那邊去，」畢立格船長把身子側向一邊，伸手指著船頭的方向道：「到船頭迎風的地方去瞧一瞧，然後告訴我，你看到了什麼。」

對於這個奇特的要求，伊斯梅爾遲疑了一會兒，不知道該如何是好，是打個哈哈過去就算了，還是正正經經地照著他的話去做？就在這時，他忽然瞥見畢立格船長眼角的皺紋逐漸靠攏，好像開始生氣了，他嚇了一跳，急忙向船頭走去。

他在船頭迎風處站了一會兒，這時由於漲潮的緣故，船身拖著船錨一塊兒搖晃，現在斜斜地指向遼闊的海洋，放眼望去，前方一望無際的海面，顯得空曠而單調，除此之外，一點也看不出有什麼值得特別注意的地方。

「好了，快說，」伊斯梅爾才走回來，畢立格立即問道：「你看到什麼了？」

「什麼都沒看到，」伊斯梅爾據實回答：「只見一片海洋，一望無際，還有，我想……快起風了。」

「呃，那你對見見世面有什麼想法？你想不想繞過合恩角再去多見識一些？

在你剛才所站的地方看不到的世面？」

這回輪到伊斯梅爾猶豫了，剛才在船頭張望一下，讓他想到漫長的三年都要面對單調的海洋，這實在很可怕，但他立刻堅定自己的意念。

「我一定要去捕鯨，而且我會去的！事實上，我覺得『皮科德號』跟其他任何一艘捕鯨船一樣，但它是最好的。」他真誠地說。

畢立格船長點點頭，臉上的表情已不像先前那般嚴肅了。「很好，我告訴你，你被錄用了，我們可以馬上簽約。」他帶頭向前走去，說道：「你跟我來。」

他們走下甲板，進入艙房，伊斯梅爾看到船尾橫木上坐著一個外表極為突出，可以說是與眾不同的人物，原來他就是比爾達多船長。

就像畢立格船長一樣，比爾達多目前也已退休，過著富裕的生活，他倆目前都是「皮科德號」最大的股東，而其他股份，按照這類商港的慣例，有時屬於一群領養老金的老人，或是一些寡婦、孤兒及受法院監護的未成年人，這些小股東大概擁有一根船骨、一呎船板或一兩枚船釘的所有權。南塔克特人喜歡把錢投資在捕鯨船上，猶如人們喜歡把錢儲蓄起來獲取利息，或投資績優的股票一樣。

可是比爾達多卻是公認最擅長精打細算的人，據說在他還是水手的時候，他就是出了名的刻薄、冷酷，他很少責罵他的屬下，但他就是有辦法讓他們耗盡力氣去做一些異常艱鉅的工作，所以每次他的老捕鯨船回到家鄉，他的水手們幾乎都是從岸上直接被抬進醫院，個個都是精疲力竭、操勞過度。任何好吃懶做的人在比爾達多面前根本無法生存。而他本人儼然就是功利主義的化身，那個瘦長的身軀上，不會長出一塊多餘的肉；那張削瘦的臉上，也不可能多出一根鬍鬚。

現在，比爾達多筆直地坐在小艙房裡，雙腿僵硬地交叉著，那頂寬邊帽放在旁邊，鼻梁上架著一副眼鏡，全神貫注於一本厚重的大書上。

「比爾多達，」畢立格船長叫道：「你又在唸那本書了，唉，就我所知，這本『聖經』你已經唸了三十年啦！告訴我們，你現在研究到哪兒了？」

比爾達多一點也不理會老友的嘲弄，他一語不發地抬起頭，看到伊斯梅爾，然後帶著詢問的神情望向畢立格。

「他說他要當我們的船員，比爾達多，」畢立格解釋道：「他要我們雇用他。」比爾達多的視線又飄到伊斯梅爾身上，「就是你嗎？」他問道，聲調冷漠而空洞。

「是的，就是我。」伊斯梅爾盯著那張冷峻的臉，不自覺地說道。

「你覺得他怎樣？比爾達多。」畢立格又問道。

比爾達多又瞧了伊斯梅爾一眼。

「可以呀。」說完，又繼續唸他的書，喃喃的聲音清晰可聞。

伊斯梅爾望著比爾達多，覺得他真是一個相當古怪的人，但是他並沒有說出來，只是機靈地環視四周，他看到畢立格從一口箱子中拿出幾份船上的相關文件，再把筆和墨水放在桌上後，就沿著桌邊坐下。伊斯梅爾見狀，心中便開始盤算起來，他們該給他什麼樣的條件，他才能同意受雇於這次航行。

在捕鯨這一個行業中有個不成文的規定，船上所有人員，包括船長在內，都不支領工資，而是分取一定的份數，叫做「分賬」紅利，分賬的多寡是依照全船人員職責的大小來決定。伊斯梅爾知道自己在捕鯨業中是個生手，分到的利潤不會太多，他粗略估計一下，他們至少應該給他二百七十五分之一的「利潤」。雖然二百七十五分之一的紅利不算多，但若航程順遂，他白吃三年，白住三年，而且一個子兒也不必付，還是挺划算的。

他兀自在那兒得意地想著，二百七十五分之一的分賬應該算是相當合理，以他生來就是足堪擔負重任的材料而言，如果對方願意給他二百分之一的話，那也不值得大驚小怪。但是……就他在岸上所聽到有關這兩個老船長行事為人的評語，他們不太可能如此慷慨。

畢立格正在用小刀修整他那枝筆，而比爾達多始終沒有抬起頭來，只是不斷喃喃自語似的唸著他書上的字句：「不要為自己積攢財寶在地上，地上有蟲子……」

「好啦——，比爾達多船長，」畢立格不耐煩地叫道：「你說，我們應該給這個小伙子多少分賬呢？」

「這你該比我還清楚，」比爾達多陰森森地回答：「七百七十七分之一不算太多，對嗎？」然後他又自顧自地唸起來，『地上有蟲子咬，會銹壞，只要積攢……』」

七百七十七分之一！伊斯梅爾幾乎要崩潰了，好一個比爾達多，就連傻子都知道，一個銅板的七百七十七分之一與七百七十七塊金幣有天壤之別，不是嗎？

「什麼話，真是見你個鬼，比爾達多，」畢立格嚷道：「你該不是想欺騙這個小伙子吧，他有權多拿些。」

「七百七十七分之一。」比爾達多斬釘截鐵的說道，連眼皮也不抬一下，繼續唸唸有詞：「因為你的財寶在哪裡，你的心也在哪裡。」

「我要給他三百分之一，就這麼決定了。」畢立格說道：「你聽到了嗎？比爾達多，我要給他三百分之一的分賬。」

比爾達多放下書，抬起頭來，神色莊嚴而肅穆的望著他，「畢立格船長，我知道你一向慷慨大度，但是你必須考慮到你對這艘船的其他股東所負的責任，他們有些是孤兒寡婦，倘若我們給這個小伙子太優厚的酬勞，就等於奪去這些孤兒寡婦的生活費。畢立格船長，我只有一句話，七百七十七分之一的分賬。」

「你這個比爾達多！」畢立格倏地跳起來，一面在艙房裡卡噠卡噠地踱著步，一面大聲咆哮：「該死的比爾達多船長，如果我過去在這些事情上都聽從你的意見，那我的良心早就因為負擔過重，而能把任何一艘航行於合恩角的最大船隻都壓沈了。」

「畢立格船長，」比爾達多緩慢但堅定地說道：「你的良心能吃十喇水還是十噸水，我可說不上來，但是，因為你一直是個執迷不悟的人，我很擔心你的良心有漏洞，到頭來會使你淪入火坑裡，畢立格船長。」

「火坑火坑！哼，你這傢伙，你侮辱我，我快受不了你了，你竟敢侮辱我。你知道，隨便咒罵人是要下地獄的，這真是非常惡毒的侮辱，該死的比爾達多，你要是膽敢再這樣說我，讓我冒火的話，那我會……我會……哼！我會連毛帶角把整隻山羊活吞了。快滾！」畢立格一手用力指向艙口，「你這滿口偽善的混帳王八蛋，馬上給我滾出去。」

畢立格一面破口大罵，一面向比爾達多衝過去，比爾達多敏捷地跳起來，側身閃開。

站在一旁的伊斯梅爾覺得十分為難，這兩個船東為了他分賬的多寡，而爆發這場可怕的衝突，他乾脆不上這艘船了，免得他們傷了彼此的和氣，於是他離開門口，準備讓路給比爾達多逃命，此刻這傢伙毫無疑問地一定急於躲避畢立格的拳頭。可是他詫異的發現，比爾達多竟又安然自若地坐回橫木上，似乎他已摸透這個頑固的畢立格和他的脾氣。而畢立格在發過脾氣後，也乖乖地坐下來，然而從他抖動的身子，可以看出他正在極力壓抑著自己的怒火。

「呸！」最後他啐了一口，「我想，風暴已經結束了。比爾達多，你一向精於磨捕鯨槍，替我修修這隻吧，我的小刀得磨一磨了，先謝啦！」他又轉向呆怔在一旁的伊斯梅爾，「喂，小伙子，剛才你是不是說你叫伊斯梅爾，好吧，你在這兒簽字，伊斯梅爾有三百分之一的分賬。」

「是的，畢立格船長，」伊斯梅爾謹慎的說道：「我還有一個朋友，他也想當水手，我明天可以帶他來嗎？」

「行，行，沒問題！」畢立格爽快的說：「把他找來，讓我瞧一瞧。」

「他要多少分賬？」比爾達多冷哼著，眼睛從書本上抬起來。

「啊，這你別管，比爾達多。」畢立格阻止比爾達多的打岔，繼續問伊斯梅爾：「他捕過鯨嗎？」

「他殺的鯨多得我都數不清呢，畢立格船長。」

「好，那你帶他來吧。」

伊斯梅爾簽過約後便離開了，他相當滿意，覺得自己完成一件挺不錯的差事。

但沒走多遠，他忽然想起還沒見到皮科德號的船長，雖說這種事並不稀奇。一般來說，捕鯨船的船長都是等到完全裝備妥當、招足全部水手後，才出來指揮的，因為捕鯨船的航程通常歷時較久，而停泊在家鄉的時間又極為短暫，因此，

如果船長有家眷，或有要事纏身，那他可以不必對他那艘泊岸的船隻多費心思，股東們自會把一切開航前的事情打點妥當。但是伊斯梅爾認為，在自己非得接受船長的擺佈之前，他最好先熟悉一下這個船長，於是他又折回去。

畢立格船長還在原處，當他看到伊斯梅爾時，顯得非常詫異。

「你還有什麼事嗎？」他問。

「呃，只是想多瞭解一下這艘船的實際狀況……」伊斯梅爾隨意搭訕一陣後，假裝漫不經心隨口問道：「到哪裡可以找到亞哈船長？」

「你找亞哈船長幹什麼？」畢立格立刻瞪圓雙眼，粗聲說道：「所有事情比爾達多船長和我都會安排得好好的，你不必操心，而且我們已經雇用你啦！」

「我相信你們一定會安排得盡善盡美，但我只是想看看他，多瞭解他一點。」

「我想你現在不可能見到他。」這位老船長揉揉鼻子，繼續說道：「我也不太清楚他到底是怎麼回事，但他就是閉門不出，也許是生病了，但又不像生病，事實上，他並沒有病，但是他的身體狀況也不是很好。」畢立格嘮嘮叨叨說了許多話，但仍然無法說出亞哈船長的近況，「總之，我們也不常見面，所以我想他不可能答應見你。」

「他是怎樣的一個人呢？」這才是伊斯梅爾最關心的事。

「這很難講，有些人認為亞哈船長是個怪人，我承認他是有點怪，但是我可以保證他絕對是個好人，啊，你別擔心，你一定會喜歡他的。」畢立格拍拍伊斯梅爾的肩膀，繼續說道：「他相當自負，根本不相信世界上有神，而他自己就像神一樣，具有極大的影響力，大家自然而然都會服從他。他從不多說話，可是，一旦他開了口，你就得聽他的。記住，小伙子，我得事先警告你，亞哈跟一般人不同，亞哈曾經進過大學，也到過蠻荒地方，他的所作所為都極為傑出。他那支銳利的魚槍，在南塔克特可是數一數二的呢，曾經刺中所有大鯨中最凶猛的傢伙，他真是行，亞哈的確與眾不同。你可知道古代也有個亞哈，還是個國王呢！」

「他是個十惡不赦的國王。」伊斯梅爾毫不知趣的叫嚷出來，他很高興自己還記得那個以色列王亞哈與猶太王作戰，結果被箭射死的歷史故事，「當那個邪惡的亞哈王被射殺時，連狗兒都去舔他的血呢！」

「你過來，到這裡來。」畢立格的臉色驟然凝重起來，這可把伊斯梅爾給嚇到了，他招呼伊斯梅爾過去，沈聲說道：「你聽清楚，小伙子，這些話說過就算

了，千萬別在『皮科德號』上提起，也不要隨便跟人談起，亞哈船長本人並沒有提過這件事，他這個名字是他那愚昧無知的寡母幫他取的。雖然有個算命的老太婆說他的名字多少帶有幾分預言性，但別聽她的，若有別人這麼告訴你，你也別相信，那些都是騙人的。我很瞭解亞哈船長，許多年前，我曾在他手下當大副，跟他一起出海，我很清楚他的為人，他是好人，一個真正的好人，有點像我，但他比我還好得多。啊，我知道他一直不快樂，尤其在那次航行回來之後，他有一陣子精神恍恍惚惚的，誰都知道那是因為他還不能接受失去一條腿的事實，自從上次給那條該死的白鯨弄掉一條腿後，他就變得鬱鬱寡歡，有時還很粗暴，不過這情形慢慢就會改善的。小伙子，你有沒有想過，與其跟一個笑口常開的壞船長出海，不如跟一個鬱鬱不樂的好船長，你明白嗎？好了，我們可以說再見啦，別錯看亞哈船長，他只是碰巧有個邪惡的壞名字，況且他還有個可愛的老婆和孩子呢，不要妄論亞哈是個不折不扣的壞蛋，小伙子，雖然他受傷殘廢，亞哈可還是有人性的呢！」

伊斯梅爾慢慢朝南塔克特市中心走去，一面不斷回想剛才偶然得知關於亞哈船長的遭遇，此刻，他的內心裡有著說不出的感受，到底是同情亞哈船長失去一條腿的悲慘遭遇，還是對他的神秘過去而心懷畏懼，他也說不上來。

4 預言家

南塔克特最早只是一個杳無人跡的荒島，它是在一個極其意外的情況下被發現的。據說，很久以前，一對印第安夫婦的嬰兒被大鷹攫走，這對夫婦哀慟萬分，便決定乘坐獨木舟沿路追蹤尋找，歷經千辛萬苦，終於在一座荒島發現嬰兒的骸骨，這座荒島就是南塔克特。從此他們就在南塔克特定居下來，最初是在附近捉蟹、蛤及鯖魚，後來划著小船出海捕鱉魚，漸漸地，小船換成大船出海了。現在南塔克特的船隊遍及世界各地，勇敢的南塔克特人已被視為捕鯨界中的佼佼者了。

伊斯梅爾在南塔克特市上閒晃到黃昏，他猜想桂奎革的齋戒應該已經完畢了，於是才慢慢踱回「鯨油鍋旅店」。

室內靜悄悄的，伊斯梅爾敲敲房門，沒有回音，他推了一下門，發現裡面反鎖住了，於是他蹲下身子，對著鑰匙孔輕聲喚道：「桂奎革。」仍然沒有回應。

「喂，桂奎革，我是伊斯梅爾呀！」他忍不住大聲嚷道：「你為什麼不說話？」但屋子裡面卻仍像先前一般沈寂。

一時之間，所有稀奇古怪的想法全湧入伊斯梅爾的腦袋裡，桂奎革該不會是昏倒了吧，老天，他在裡面已經待上整整一天了呢！他再從鑰匙孔向室內窺望，看到的只是床鋪的一角和牆壁。他斜著身子，從另外一個角度望進去，桂奎革那支魚叉的木柄倚在牆上，伊斯梅爾開始懷疑起來，他清楚記得昨晚他們回房之前，胡賽太太已把那玩意兒收去了，怎麼現在還會在那兒呢？而桂奎革出門又很少不帶著他的魚叉，這麼說桂奎革現在就在房裡，可是他為什麼不應門呢？

「桂奎革，」伊斯梅爾再次大叫：「桂奎革！」

室內仍然寂靜無聲，一定出事了，伊斯梅爾心想，他一定是中風了！他用身子朝房門撞去，門板被震了一下，卻依然緊閉著。他立刻飛奔下樓，正好看到一個女僕，便霹靂啪啦連珠砲似的把心裡想的話全嚷出來。

女僕的反應更為激烈，她大聲尖叫起來，好像在喊救命。

「不得了，不得了，一定出事啦！早餐過後，我打算去收拾房間，但我敲了半天門，才發現門已被鎖住，我猜想你們兩人都出去了。」她跳了起來，邊叫邊奔向廚房：「不得了，出事啦！胡賽太太，有人中風啦！」

胡賽太太立刻出現在廚房門口，一手拿著芥末罐，一手拿著醋瓶子。

「柴房在哪裡？快！找樣東西把門撬開來，」伊斯梅爾嚷道：「斧頭，我要斧頭，他八成是中風了！」然後他空著手，沒頭沒腦地要往樓上衝。

胡賽太太迅速伸出拿著瓶瓶罐罐的手攔在他前面，神色不太自然，五官擠成一團。

「你有什麼不對勁？小伙子。」

「快！給我一把斧頭，胡賽太太，你立刻找人去請醫生來，我現在就去撬開門。」

「慢著！」胡賽太太叫道，把芥末罐往桌上一扔，「你是什麼意思，你想要撬開我的房門？」她一把掐住伊斯梅爾的胳膊，「你是怎麼回事，你到底是哪根筋不對了？」

伊斯梅爾儘量讓自己平靜下來，然後很快地把整件事情從頭到尾說了一遍。

胡賽太太一面凝神默想，手指一面輕敲鼻側，過了半晌，忽然大叫一聲。

「糟了，我忘了那支魚叉，昨晚把它放在那兒後，就沒再瞧過它一眼。」她匆匆走到樓梯下的小房間，伸頭向裡面張望一下，又趕回來，焦急地說道：「桂奎革的魚叉不見了。」

伊斯梅爾立刻想到他幾分鐘前從鑰匙孔看到的那支魚叉。

「他自殺了！」胡賽太太又叫嚷起來，「啊，又是一個可憐的史蒂格，又有一條被單報銷啦，上帝可憐我吧，我的旅店會被這些人毀了。蓓蒂，妳去找油漆匠給我漆塊牌子來，上面要標明警告『此地嚴禁自殺，客廳嚴禁吸煙』的字句。」

她忽然住了口，雙眼盯住伊斯梅爾怪異的舉動。「小伙子，你想幹嘛？」

伊斯梅爾正準備撞開房門，胡賽太太一個箭步衝過來，一把拉住他。

「你不能這麼做，我可不願我的房子被人糟蹋，去找個鎖匠來。喂！等等！」

她伸手探入圍裙口袋裡摸索一陣，「我這裡好像有一把備份鑰匙，可以試試看。」

她掏出一串鑰匙，選出其中一支，插進鑰匙孔，可是這扇門是從裡面閂住的，從外面開不了。

「一定得撞開才行！」伊斯梅爾堅定的說道，然後倒退幾步，才跨出一條腿，胡賽太太又一把揪住他。

「我不會讓你拆了我的房子！」她叫道。

伊斯梅爾甩開她的手，冷不防地朝房門猛衝過去，一聲巨響後，門板應聲而倒，手把砰地撞到牆壁，泥灰飛彈至天花板上，每個人看到眼前的景象全傻了眼，而桂奎革仍然一動也不動，盤腿坐在房間中央，小黑神被他高高捧在頭頂上，他似乎一點也沒受到巨大聲響的影響。

「桂奎革！」伊斯梅爾走到他面前，輕聲喚道：「桂奎革，你還好吧？」

「他不可能這麼坐上一整天吧？」胡賽太太上前問道。

不管旁人如何吱吱喳喳、交頭接耳，桂奎革還是一聲不吭，儼若一座雕像，伊斯梅爾真想踹他兩腳，讓他跌倒在地上，至少這樣能使他換個姿勢，桂奎革那種痛苦的坐姿太讓他無法忍受了，看起來簡直是自我虐待。

「胡賽太太，妳也看到了，他還活著，妳的床單也沒報銷。」伊斯梅爾說道：「現在妳可以離開了，剩下的事我會處理。」

胡賽太太不好再多說什麼，悄悄離開房間。伊斯梅爾開始鼓動他的三寸不爛之舌，企圖說服桂奎革停止這種愚蠢的行為，他好說歹說，桂奎革仍然動也不動，不發一語，甚至連眼皮子也不掀一下，好像伊斯梅爾根本不存在似的。

伊斯梅爾洩氣極了，心想，隨他去吧！反正他遲早會起來的。於是他獨自下樓吃晚餐。

他在大廳待了很久，有幾個捕鯨人剛從大西洋回來，一直滔滔不絕地敘述海上的經歷，伊斯梅爾越聽越入神，不知不覺已經十一點了，他伸了個懶腰。

「桂奎革應該齋戒完畢了吧！」他一邊喃喃自語，一邊慢慢踱上樓梯。

可是當他踏進房內，看到桂奎革仍然保持他離開前的姿勢時，他有點惱怒，這傢伙八成瘋了，一天一夜蹲在這冰冷的房間裡，雙手捧著一塊木頭在頭頂上，他以為他在幹什麼？伊斯梅爾實在看不下去，便委婉勸道：

「桂奎革，你一定要起來鬆鬆筋骨，順便吃點東西，否則你會餓壞的，桂奎革，你難道不知道這樣會生病嗎？」

這個虔誠的異教徒還是一言不發，伊斯梅爾終於放棄了，他決定先上床睡覺。但是他躺在床上，過了好一陣子都無法入睡，他看到幾呎外的桂奎革那麼痛苦又孤零零地坐在又冷又黑的房間裡，心中就異常難受。

夜晚溫度急遽下降，而桂奎革身上仍是那件普通外套，伊斯梅爾起身，把他那件厚重的熊皮大衣覆在桂奎革身上，才又回到床上。

第二天早晨，伊斯梅爾醒來，往房間中央望去，發現桂奎革仍然蹲在原地，還是那個姿勢。但是，當晨曦從窗口投射進來時，他就緩緩起身，僵硬而困難地走到伊斯梅爾床邊，把額頭緊貼在他的額頭上，低聲說道：

「我的齋戒已經完成了。」

伊斯梅爾一方面為他高興，一方面又對他這種瘋狂的行為感到不滿，他一向認為，任何人都有信仰宗教的自由，但若是過分狂熱，不但造成自己的痛苦，也造成他人的困擾時，這就有違常理，應當改善。

於是他開始教訓桂奎革，從宗教的起源及發展，講到當代各種宗教，他特別強調，這所謂的齋戒，包括長時間關在冰冷的房間裡，不但荒謬，而且有害健康，對挽救靈魂也絲毫沒有幫助。伊斯梅爾始終想不透，一向聰明伶俐的桂奎革，為什麼會在齋戒上表現得如此愚蠢可笑。

「你知道嗎？桂奎革，齋戒會殘害人的身心，使人精神崩潰，凡是從齋戒中產生的思想，必定是稀奇古怪的，這就是為什麼大多數的宗教家，對於他們的來世都抱持著悲觀的看法，總之，桂奎革，」伊斯梅爾不願說得太露骨，便拐彎抹角的說：「地獄或許就是某些人因為吃壞肚子所產生的一種可怕觀念，然後經由齋戒延續下去。嗯，你曾經吃壞肚子嗎？」

「沒有。」桂奎革想了一下，「唔，我想起來了！我好像曾經吃壞過肚子，但也只有那麼一次，是因為吃了我父親舉辦的饗宴才發生的。」

「噢！」

「那次我父親打了一場大勝仗，大約在中午的時候就將全部敵人都殲滅，當晚就把那五十個人全煮來吃了。」桂奎革得意的說道。

「夠了，夠了，別再說了。」伊斯梅爾覺得渾身不舒服。

事實上，不必桂奎革多說他也知道結論，因為他曾經聽過比這更可怖的事，據說有一個海島民族，在每次打了勝仗後，就會把所有被殺死的敵人抬到勝利者的花園燒烤，然後將烤熟的人分裝在大木盤裡，四周還裝飾著麵包果及椰子。

雖然伊斯梅爾儘量把要講的話說得很淺顯，但他發現桂奎革還是不大懂他話中的含意，他甚至還自認在宗教方面比伊斯梅爾懂得多，因此當伊斯梅爾滔滔不絕地大發論調時，桂奎革始終以一種關注和憐憫的眼光望著他，好像可惜這麼聰明的小伙子，竟然感受不到這偉大的宗教力量。

他們一起下樓，吃了一頓豐富的早餐，桂奎革點了各類雜燴，大快朵頤一番，然後一面用魚刺剔著牙縫，一面跟著伊斯梅爾來到了碼頭。

他們走向「皮科德號」停泊的地方，桂奎革依然帶著他那支魚叉。

「嗨！」畢立格船長從小帳篷裡走出來，粗聲粗氣地向他們打招呼，目光隨即瞟向桂奎革，「你的朋友一看就知道是個番人，番人是不准上這艘船的，除非他能提出證明。」

「你說什麼？畢立格船長。」伊斯梅爾叫道，他讓桂奎革留在碼頭上，獨自縱身跳上舷牆。

「你沒聽清楚嗎？」畢立格嚷道：「我說他如果要上這艘船，他必須提出證明。」

「沒錯，」比爾達多船長從畢立格船長身後的小帳篷裡探出頭來，面無表情的附和道：「他得提出他已經改教的證明。」他又轉向桂奎革：「你現在有跟哪個基督教會聯絡嗎？」

「呃，對了，」伊斯梅爾立即插嘴道：「他是第一公理教會的教友。」

「第一公理教會？」比爾達多兩道懷疑的目光從眼鏡後面射出來，「是不是在柯爾曼執事的教堂做禮拜？」他摘下眼鏡，從口袋抽出一條黃色手巾擦了一下，又小心翼翼地將眼鏡戴在臉上，然後走出小帳篷，倚在舷牆邊，仔細打量著桂奎革。

「他加入有多久了？」比爾達多轉向伊斯梅爾問道：「哼！我看不會太久吧！小伙子。」

「也許他還沒正式受洗呢！否則氣色怎麼這麼差。」畢立格說道。

「你老實告訴我，這傢伙經常參加柯爾曼執事的宣道會嗎？」比爾達多嚷道：「我好像從沒在那兒見過他，那裡的每張臉孔我都認得。」

「我不知道什麼柯爾曼執事，也不知道什麼宣道會，」伊斯梅爾說道：「我只知道，桂奎革從出生開始就是第一公理教會的教友，而他自己就是執事。」

「小伙子，你在跟我開玩笑，」比爾達多的臉色沉了下來，他嚴厲地說道：「你說清楚，你指的到底是哪一種教派？」

伊斯梅爾僵在那兒，半天才吶吶的說道：

「先生，我指的是那個古代的天主教派，就是你、我、畢立格船長，還有桂奎革，我們大夥兒的靈魂共同歸屬的教派——『第一公理教會』，只有一些心懷異想的人才不信仰這偉大的信念，我們大夥兒都是彼此攜手朝著那個信念邁進的。」

「說得好，小伙子，你可以改行當牧師，而不是當什麼水手啦。」畢立格叫道：「上船來，上船來，別管什麼證明了，告訴那刮荷革……呃，你剛才叫他什麼來著？告訴刮荷革過來吧，你瞧，他那支魚叉多棒呀！一定是用上好的鋼料打造的，他大概也使得不錯吧！我說刮荷革，你有沒有站在捕鯨艇頭過？你有沒有戳過鯨魚呢？」

桂奎革一聲不響，跨步跳上舷牆，再從舷牆跳到吊在船邊的一艘捕鯨小艇上，然後半跪著，平舉他的魚叉，叫嚷道：

「船長，你看見那邊海面上的小油滴嗎？好，假設那是鯨眼，現在你仔細看！」

他瞄準目標，魚叉咻地直飛出去，掠過比爾達多的寬邊帽頂，越過甲板，轉眼間那晶亮的油滴便消失無蹤。

「看到了嗎？」桂奎革一邊收回連在魚叉上的繩索一邊說道：「如果那是鯨眼，那條鯨就這樣完蛋啦！」

「快，比爾達多，把船上的合約拿來！」畢立格喘著氣叫道：「我們一定要雇用海奇荷革，呃，我是說刮荷革，把他安置在捕鯨小艇上。」然而他的合夥人此刻已被低嘯而過的魚叉嚇得貼在艙門邊無法動彈。「喂，刮荷革，我們給你九十分之一的分賬，你聽到了嗎？這在南塔克特的魚叉手中是數一數二的呢！」

他們一起走進艙房，伊斯梅爾樂歪了，他沒想到桂奎革這麼輕易地就讓那兩位嚴苛的老船長臣服，現在他們可以在同一艘船共事了。

畢立格把簽約文件拿出來後，若有所思地轉向伊斯梅爾：「我想那個刮荷革不會寫字吧？」然後他問桂奎革：「刮荷革，你要簽名還是畫個記號？」

桂奎革對這種情形已經習以為常，他毫不猶豫，接過筆來，便在簽名的地方，照著手臂上的刺花圖案描繪一遍。

在一旁的比爾達多船長始終目不轉睛地盯著桂奎革，最後他嚴肅地站起身，從大衣口袋裡摸出一疊小冊子，選出其中一本「末日已來臨」的書放在桂奎革手裡，熱切而誠懇地說道：

「我是這艘船的股東之一，我關切全體水手的靈魂，我有責任引導你脫離邪惡，請別再做惡魔的奴隸，放棄崇拜偶像和那可怕的魔鬼，趁上天的懲罰尚未到來之前，趕緊回頭吧！」

桂奎革茫然地望著他，比爾達多說話的鄉音太重，還夾雜著水手腔，並不斷引用「聖經」上的詞句，桂奎革根本聽不懂。

「比爾達多，你說夠了沒有，別再糟蹋我們的魚叉手了。」畢立格嚷道：「虔誠的魚叉手絕不會成為優秀的水手，虔誠只會使他失去膽量，一個魚叉手要是沒有足夠的膽量就什麼都完了。以前有個叫納特·史旺的小伙子，本來是全南塔克特頂尖的頭槳手，自從去聽了講道以後，不但沒撈著半點好處，反而使他那迷惘的靈魂惶恐起來，看到鯨魚不敢衝過去，反而立刻避開，結果就這樣發生了意外。」

「畢立格——畢立格！」比爾達多焦急地嚷道：「我們都已經歷過無數次冒險，你也知道怕死是怎麼一回事，你怎麼能以這種褻瀆神明的態度胡說八道，你違逆了自己的良心，畢立格，你老實說，那次你跟船長一塊兒跟著『皮科德號』出航，結果在日本海遇到颱風，三根桅桿都折斷落入海中，那時候，難道你沒想到死神和末日審判嗎？」

「喝！你們聽，他在說什麼呀！」畢立格高聲嚷道，他把雙手重重地插進口袋裡，來回快速走了幾步，「那時候我們每一秒鐘都在想『船要沉了，船要沉了』，哪有時間去想什麼死神和末日審判。當時亞哈船長和我想到的只是生命，想要如何挽救大家的生命，如何裝上臨時桅桿，如何設法將船駛到最近的港口，我們當時所想的就是這些。」

比爾達多不再說話，神色淡漠地扣上大衣的鈕釦，然後昂首闊步地走上甲板，伊斯梅爾和桂奎革也跟著他走上甲板，離開「皮科德號」。

他倆各懷心事的走下那艘船，慢慢從碼頭邊踱出來，誰也不想先開口說話，忽然一個陌生人在他們面前停下，伸出粗大的食指指向「皮科德號」。

「喂，朋友，你們可是要上那艘船當水手？」

這個人穿著一件骯髒的舊外套，那條長褲也綴有補釘，脖子上還圍著一條破爛的黑手帕，看起來十分邋遢，那張鬆弛的麻臉上，好像布滿一條條乾涸的水渠。

「你們決定上那艘船當水手嗎？」他又重複問了一遍。

「你是指『皮科德號』吧！」伊斯梅爾故意回問，事實上，他在拖延時間，以便使自己有充裕的時間考慮該如何答覆這個陌生人的問話。

「是的，『皮科德號』……就是那艘船。」

「沒錯，我們剛簽過約。」伊斯梅爾答道。

「把你們的靈魂也簽上了嗎？」

「把什麼？」

「啊，說不定你們根本沒有靈魂。」他很快地說道：「沒關係，我知道有很多人本來就沒有靈魂，祝你們一帆風順，有時候，靈魂對某些人而言是多餘的，沒有靈魂他們反而過得更好。」

「你到底在胡說些什麼？」伊斯梅爾覺得自己是越來越迷惑了。

那個陌生人並不理會他，突然又說道：

「不過，他已經找夠了，找一些其他的人來補足缺額。」陌生人把「他」字說的特別重，伊斯梅爾不知道那個「他」指的是誰？但也懶得多問。

「咱們走吧！桂奎革。」伊斯梅爾拉拉桂奎革，「這傢伙有可能是從精神病院逃出來的，聽他講了半天，我還摸不著邊呢！」

「站住！」陌生人喝住他們，「我想，你們還沒見過老雷公吧！」

「什麼老雷公？」伊斯梅爾問道，他注意到這個陌生人好像並不是真的瘋癲。

「亞哈船長。」

「哇，那是我們『皮科德號』的船長呢！」

「不錯，我們一些老水手都是這麼稱呼他的，你們還沒見過他，對不對？」

「我們是沒見過他，聽說他病了，現在正逐漸康復中，不久就會痊癒。」

「不久就會痊癒！」陌生人怪笑起來，笑聲中帶有幾許淒涼和嘲弄，「哼！要是亞哈船長會痊癒，那我左邊這隻胳膊也會不藥而癒了。」

「你知道他是怎樣的一個人？」伊斯梅爾怪異地盯著這個陌生人，「能告訴我嗎？」

「噢，他們是怎麼告訴你的？」

「他們沒說什麼，我只知道他是個捕鯨高手，也是個挺不錯的船長，至少會善待水手。」

「這倒是真的，」陌生人點點頭，「全都是事實。人家總是告訴你，亞哈船長有多威嚴，只要他一下命令，任何人都會打顫，跨一步，咆哮一聲；咆哮一聲，走一步……。可是就沒有人提起前些日子發生在合恩角的事，那時候他像個死人一樣躺了三天三夜，也沒有人提起他在聖塔的聖殿前與西班牙人決鬥的事，你們有聽說他被預言說中，在上次航行中失掉一條腿的事嗎？你們都沒聽說過這些事，對不對？誰會知道這些事呢？我想即使南塔克特人也未必全部知道。你們一定聽過關於那條腿的事吧！這件事大家都知道，嗯，我是說大家都知道他只有一條腿，都知道大鯨魚把他的一條腿給咬掉了。」

「朋友，」伊斯梅爾平靜的說道：「你嘰哩咕嚕說了半天，我不知道你到底在說什麼，我也不想知道，我想，你的腦子可能有點問題。如果你是想告訴我『皮科德號』的亞哈船長失掉了一條腿的事，那我告訴你，這事我全知道。」

「你全都知道！」陌生人驚訝地叫了起來，覺得非常不可思議，「啊，你真的全都知道了？」

「一點兒也不錯！」

這個衣衫襤褸的陌生人呆怔在那裡，一會兒指著「皮科德號」，一會兒又瞪視那艘船半晌，好像一時搞不清楚是怎麼回事，然後他稍稍回過神來，轉向他倆說道：「你們已經決定上那艘船，也簽過約了，對嗎？嗯，是要簽約的，也都簽好了，事情就是這樣，可是也許到頭來又不是那樣。不管怎樣，一切都安排好了，反正總得有水手跟他在一起，願上帝憐憫你們這些人和另外那些人吧！」他頓了一下，繼續說道：「祝你們早安，朋友，願上天賜福給你們，很抱歉耽擱你們的時間。」

「朋友，你若是有什麼重要的事要告訴我們，就儘管說吧，但如果你只是想耍耍我們，那你可是找錯人了。」伊斯梅爾說道。

「說得好，我就是喜歡人家直截了當地說話，像你這樣的人，正是他們所要的。祝你們早安，朋友，你們到了那邊，就告訴他們，我已經決定不當他們的水手了。」

「哈，你休想騙我們，」伊斯梅爾叫嚷起來：「你騙不了我們的，世界上最容易的事，就是裝得像擁有什麼大秘密似的。」

「祝你們早安，朋友。」陌生人又重複這句話。

「現在本來就是早晨嘛！」伊斯梅爾噘起嘴，自語道：「走吧，桂奎革，我們離這瘋子遠一點。喂，」他又向陌生人叫道：「我還沒請教你的大名呢？」

「伊利亞。」

「伊利亞？」伊斯梅爾喃喃重複這個名字，從前希伯來有個大預言家也叫伊利亞。但是，他心想，這傢伙只不過是個騙子，想嚇唬嚇唬他們罷了。

他們向前走了一段路，正要轉彎時，伊斯梅爾忽然瞥見伊利亞在他們身後不遠處尾隨著他們，他心頭一震，這傢伙在跟蹤他們？他決定不動聲色繼續向前走，然後給他一個出奇不意。他走過一個轉角，然後再偷偷向後瞧，果然伊利亞也轉彎了，但是伊利亞有什麼理由跟蹤他們呢？他絞盡腦汁還是想不出原因。忽然，一些模糊的事物逐漸自他腦海中浮現，亞哈船長，那條失去的腿，合恩角的昏厥……，那個伊利亞在暗示些什麼嗎？

伊斯梅爾拉著桂奎革穿過大街到對面去，然後調頭往回走，他要看看伊利亞到底在搞什麼？是否真的在跟蹤他們。可是伊利亞繼續往前走，好像根本不曾注意到他倆，伊斯梅爾盯著他的背影，喃喃說道：

「我確定，他一定是個騙子。」

第二天，各家旅店都接到通知，凡是「皮科德號」的船員，在天黑以前，必須把衣箱等物品裝上船去，因為只要準備妥當，這艘船隨時都可能啓航。

5 出發

幾天前，「皮科德號」的岸上工作人員開始特別忙碌起來，他們不斷將大小物品逐一裝船。

由於捕鯨船長期航行在遼闊的海上，除非有特別原因，例如船隻需要修理或補充飲水等，否則捕鯨船不會停靠任何港口，因此，在船隻出航前，必須裝備三年的用品，包括肉品、麵包、飲水、燃料、鐵箍及桶板……等。在伊斯梅爾及桂奎革抵達南塔克特時，「皮科德號」最笨重的儲備品大部分都已經裝備完畢。

在各類型船隻中，捕鯨船遭到意外的機率最大，尤其容易毀壞和喪失重要的配件，而這些配件有時在偏僻的海港無法補給，因此捕鯨船需要的備用品也特別多，舉凡小船、圓木、繩索以及魚叉等東西都需準備充分，甚至還要一位候補船長及一艘候補船隻。

畢立格船長整天坐在小帳篷裡，嚴密監督岸上工作人員幹活，每隔幾分鐘，他就從小帳篷裡出來巡視一遍，對艙口的人咆哮一陣，轉過身去又對在桅頂上工作的帆手們吼叫一番，然後邊吼邊回到小帳篷裡，這些日子來，他幾乎沒上過岸。

比爾達多船長負責物品的採購工作，他總是隨身帶著一長條所需物品的清單，當一樣新購置的物品運到時，他就在清單上所列物品的旁邊畫上記號。

比爾達多船長的妹妹，那個心地善良、身材纖細的慈善姑媽也來義務幫忙，只要在她能力所及的範圍內，她一定盡可能使船上的人員得到最佳的服務，只見她一會兒送這，一會兒送那，忙得不亦樂乎！

在這些等待準備開航的日子裡，伊斯梅爾和桂奎革不時到碼頭看看裝船情形，也不時向旁人探詢亞哈船長的情形，但他們得到的答覆都是千篇一律：亞哈船長已逐漸康復，隨時可以上船，凡是與這趟航程有關的任何事務，畢立格船長和比爾達多船長都會處理得很好。

當所有的舊帆全部修補過，而一匹匹的新篷帆、一捆捆的繩索陸續被運上船時，大家心裡明白，這艘船的準備工作已接近尾聲。

最新的通知終於來到，「皮科德號」確定將於明日某個時辰開航。

第二天，伊斯梅爾和桂奎革起了個大早，他們結帳後，告別了「鯨油鍋旅店」，在大地尚未被黎明的第一道曙光喚醒時，他倆已在前往碼頭的途中了。

「要是我沒有看錯的話，在我們前面已經有水手上船了。」伊斯梅爾注意著灰濛濛的前方，對桂奎革說：「我不相信那是我的幻覺，我們快走，搞不好太陽一出來，那艘船就要開了。」

「等一下，朋友們。」有個聲音在他們身後嚷道。

幾乎是同時，他倆感覺到有隻手臂重重地搭在他們肩上，一個人擠到他們中間。伊利亞那張滿是溝渠的臉怪異地望望伊斯梅爾，又瞧瞧桂奎革。

「是不是要上船了？」他問。

「把手拿開，拜託！」伊斯梅爾不高興地嚷道。

「喂，走開。」桂奎革也晃了一下肩膀，想把伊利亞那隻討厭的手臂甩開。

伊利亞並不介意別人對他的厭惡，又問了一遍：

「你們是不是要上船呀？」

「不錯，我們是要上船，不過這關你什麼事？伊利亞先生。」伊斯梅爾瞪視著他：「我覺得你實在很冒失。」

「哦，我可不那麼覺得。」伊利亞很快地回答，然後再次疑惑地望望伊斯梅爾和桂奎革。

「別鬧了，伊利亞，請拿開你的手臂。」伊斯梅爾漸感不耐，「我們馬上要出發前往遙遠的印度洋和太平洋，你別耽誤我們的時間。」

「你們？」伊利亞搖晃著腦袋，「嗯，你們會在早餐前回來嗎？」

伊斯梅爾瞪他一眼，轉向桂奎革說：「這傢伙有神經病，我們走吧！」

他們走了幾步，身後的伊利亞又叫嚷起來。

「別理他，」伊斯梅爾低聲說：「我們繼續走。」

可是，伊利亞卻沒有要放過他們的意思，他迅速竄上來，一掌突然拍在伊斯梅爾肩上。

「你剛才看到一些像人一樣的身影朝那條船上走去嗎？」

伊斯梅爾連想都沒想，話很自然地從嘴裡迸出來：

「是呀，我好像看到四、五個人，可是天色太暗了，看不清楚是不是人。」

說畢，才懊惱自己的多嘴，於是拉著桂奎革向前走。

「太暗了，太暗了，祝你們早安。」伊利亞嚷道，又悄悄跟上去，在伊斯梅爾肩上用力一拍：「看你現在還找不找得到他們？」

「找誰？」伊斯梅爾覺得莫名其妙。

「祝你們早安！祝你們早安！」伊利亞重複說著這幾個字，就往另一個方向走去，嘴裡還喃喃唸道：「啊，我要告誡你們，不過，沒關係，大家都是自己人，今晨的霜很重，對不對？再見，我想我們短時間內是不會再見了。」

伊斯梅爾緊皺眉頭，盯著他的背影，這個伊利亞，到底是個什麼樣的角色呢？

他們上了「皮科德號」，四周寂靜無聲，不但一個人影都沒見著，就連艙口也自裡面反鎖住了，貨艙蓋亦緊閉著，上面還堆著一捆捆繩索。他們遂走到前甲板下的水手艙，發現艙口竟然開著，下面隱隱透出一些亮光，於是他們便走下去，一個老索具匠沈沈地趴睡在大箱子上，身上只裹著一件破爛的厚呢上衣。

「真奇怪，剛才看到的那些水手都跑到哪裡去了？」伊斯梅爾四下張望，疑惑地自語道。

桂奎革壓根兒沒注意伊斯梅爾說些什麼，他雙眼盯在那個酣睡傢伙的身上，一直走到他旁邊，伸出手試試那人臂部的柔軟度，然後一屁股坐上去。

「桂奎革——」伊斯梅爾叫道：「快起來，那裡不能坐。」

「嘿，真舒服！」桂奎革高興地說：「在我們家鄉就是這麼坐的，你放心，不會壓傷他的臉。」

「臉！老天，你把那稱作臉。」伊斯梅爾驚叫起來：「趕快起來，你的身體太重，會把這傢伙壓扁的。趕快起來吧！咦，他沒給弄醒倒是件奇事。」

桂奎革終於移開他的身子，坐在那個人的頭側，伊斯梅爾也在他腳邊的箱子上坐下。

「你們一向都習慣坐在人家的『臉』上嗎？」伊斯梅爾好奇地問。

「在我們那裡，沒有什麼椅子或沙發，像國王或酋長等地位較高的人，通常都會買下幾個懶漢，把他們養得肥肥胖胖的當椅子用。」桂奎革說著，點起他的煙斗斧，吸了一口，再遞給伊斯梅爾。「一間屋子大約只要八到十個就夠了，而且在出門旅行時也挺方便的，這些人做的椅子自己會走，隨便躺到一棵樹下就立刻可以變成一張椅子。」

他們把煙斗斧遞來遞去輪流吸著，桂奎革又說了一些他們部落的奇異風俗。

漸漸地，整個小艙房都充塞著濃烈的煙味，熟睡的老索具匠大概在不知不覺中也吸進不少刺鼻的煙味，只聽見他嘟囔一陣，翻了兩三個身，最後揉揉眼睛，坐了起來，他茫然望著眼前的兩個人，半晌才開口：

「喂，吸煙的傢伙，你們是什麼人呀？」

「水手。」伊斯梅爾噴出一口煙，簡短地回答。「你知道船什麼時候開嗎？」

「噢，原來你們是這艘船上的水手。它今天就開，船長昨天晚上已經上船了。」

「什麼船長？」伊斯梅爾一時沒會過意來，「亞哈嗎？」

「當然，除了他還會是誰？」

伊斯梅爾正想藉機多問一些亞哈船長的事，甲板上突然傳來聲響。

「一定是斯達巴克起床了，這個大副真是個好人。」索具匠說道，跳下箱子。

「現在大家開始忙了，我也得幹活去了。」

水手們陸續上船，幾個岸上的人也忙著把剩餘的東西搬到船上，最後，船上的索具匠也撤走了。

正午時分，「皮科德號」開始起錨，離開南塔克特碼頭，這天也是一年一度的聖誕節。

畢立格船長與比爾達多船長同時走出船長室，來到大副面前，畢立格急躁地說道：

「斯達巴克先生，你覺得一切都已經準備妥當了嗎？亞哈船長全部準備好了，不需要再從岸上送東西過來了吧？嗯，很好，現在把大家集合到船尾。該死！」

「畢立格，即使在最緊急的時刻，也用不著說髒話呀。」比爾達多慢條斯理的提出異議，再轉向大副：「你去吧！斯達巴克，照我們的命令行事即可。」

這時甲板上的管理權，仍由這兩位老船長掌控，而畢立格更是精神抖擻地發號施令。

「統統到船尾來。」當他看到水手們還在主桅邊閒蕩時，立即吼道：「斯達巴克先生，把他們全趕到船尾來。」

那座鯨骨帳篷，在船一開航時就必須拆掉，這是「皮科德號」多年來的習慣，也是大家都知道的事。

「轉動絞車。」畢立格下完命令後，就冷冷地站到一旁監視水手們的作業情形。

比爾達多站在船隻前端領航員的位置，全神貫注地望著拖曳的錨，不時還哼唱著曲調淒涼的讚美詩，似乎想給那些正費勁扳轉絞車的水手們打打氣。

在船尾的畢立格船長又開始暴跳如雷、破口大罵起來，伊斯梅爾悲哀地想著，或許錨還沒拉起來，船就先給他弄沈了，他不由自主地攀住木沿喘口氣。航程才剛開始，就碰到這麼個魔鬼似的傢伙，看樣子，比爾達多似乎還好一些，雖然他比較吝嗇，只願給他七百七十七分之一的分賬……，伊斯梅爾想到這裡，突然覺得屁股重重地挨了一腳，他迅速回頭，在他眼前的不是別人，而是畢立格船長那張凶惡的臉。

「別偷懶，小伙子，你們在商船上都是這樣開船的嗎？」他咆哮著：「用點勁吧！渾球！你們大夥兒，使出勁來，用力絞呀。喂，就是你，為什麼不絞，拚命呀，聽清楚了沒有，拚命絞呀！」他一邊嚷著，一邊沿著絞車走動，還不時鍛鍊他的腿勁兒。

不管狂風呼嘯，索具嘎嘎震響，比爾達多一直站在那兒高唱讚美詩，這一刻，伊斯梅爾覺得他的歌聲悅耳極了，使他感受到從未有過的親切和希望感。儘管大西洋上寒風刺骨，他的外套也已濕透，伊斯梅爾一點也不懷疑他的前景是光明燦爛的。

錨終於被拖起來了，收起帆後，「皮科德號」正式啓航。月光下，鑲嵌在舷牆上的長排鯨齒閃閃發光，一條大冰柱自船頭環形垂下，宛如一件完美的水晶精品。

「皮科德號」已經駛入大海，領航員的責任已經完畢，可是比爾達多仍然捨不得離去，只見他在甲板上踱來踱去，一會兒奔到船長室再去道別一聲，一會兒又回到甲板上，茫然而沒有目標地東望望、西看看。畢立格也是在船長室與甲板間來回奔波，一會兒到船長室說幾句話，一會兒又交代大副斯達巴克一些事。

最後，他們實在不得不離去了，畢立格站在那兒，臉上的凶暴完全消失無蹤，此刻，他的眼眶漾滿了晶瑩的淚水。他轉向比爾達多，低聲說道：

「我們得走了。」然後，畢立格又開始大聲下令：「轉一轉主桅帆桁！小艇，準備靠近，來吧，比爾達多，再道別一次吧！祝你們好運，斯達巴克、史塔布、佛拉斯克，祝你們大家一帆風順，再見，三年後的今天，我會在南塔克特請你們大家吃一頓豐盛的聖誕大餐。」

「願上帝保佑你們，親愛的朋友，也願聖靈永遠守護著你們，尤其是亞哈船

長，只要天氣溫暖，他很快就可以出來走動。」比爾達多虔誠地低語著，然後又開始嘮嘮叨叨、語無倫次地吩咐，仍不脫其精打細算的本質：「你們幾位副手和魚叉手要特別注意，千萬別讓小艇橫衝直撞，要知道上等的製艇木板一年之內漲了百分之三，還有，別忘了禱告，記住在主日裡不要太辛苦工作，但是若有好機會也不要放過，否則即是辜負上天的美意。斯達巴克，要隨時注意那些乳酪和牛油，不要……」

「好啦！好啦！比爾達多船長，廢話少說了，走吧！」畢立格不耐煩地打斷比爾達多的話，催促他離去，於是他倆先後翻過船側，跳進小艇。

大船隨即與小艇分開，冰冷的海風像利刃般迎面掃來，但卻吹不散水手們高昂的情緒，大夥兒高喊三聲萬歲，這艘船便朝向一望無際的大西洋駛去。

當甲板上的水手陸續進艙時，伊斯梅爾驚訝地發現，掌舵的人竟是布金頓，那個在「捕鯨人旅店」曾經留給他深刻印象的人，他滿懷敬畏地望著這個人，在如此寒冷的冬天，歷經三年艱辛的捕鯨時光，回來還不到一個月，又立刻投入另一個為期三年的驚險航程。

「皮科德號」的水手來自四面八方，除了南塔克特本地人外，亦有英國、法國、丹麥、冰島、西西里、亞述群島等地的人，其中以亞述群島的水手人數最多；最年長的水手來自英國冰島，最年輕的則是小黑人畢普。

亞哈船長一直沒有出現，船上的大小事務都由高級船員負責指揮，他們安撫船員，使大家對於這次航程充滿信心，並能安心愉快的工作。

三位高級船員都是美國人，大副斯達巴克是比爾達多人，二副史塔布是科德角人，三副佛拉斯克是瑪莎葡萄園人，他們都是捕鯨界的寵兒，也是「皮科德號」上傲人的組合。

大副斯達巴克是個身材瘦長、秉性真摯的青年，年僅三十餘歲，肌肉堅實、體力充沛，他有吃苦耐勞、謹嚴不苟的態度和堅忍不拔的精神，但是他也有受外物影響的弱點，由於長久面對海上危險而孤寂的生活，使他越趨迷信，在他非凡的儀表下，卻有顆極為敏感的心。

他曾經說過：「在我的小艇上沒有不怕鯨的人。」他把捕鯨當成是工作，所以他絕不會拚老命去跟一條難纏的大鯨硬鬥到底。

斯達巴克的父親是在獵鯨時意外死亡的，這對他的心靈造成不小的衝擊，因此，他雖然從事極為危險的行業，但他會非常謹慎地避開危險，只要太陽西下，他就不會放下他的捕鯨小艇。

二副史塔布是比爾達多船長的妹夫，他似乎永遠都是無憂無慮、快快樂樂的，他既不畏縮，也不逞強，危急當前也面不改色，最驚險的追擊對他來說只是小事一樁。

每當進行追擊巨鯨的行動時，他就像是駕著他的捕鯨小艇，帶著他的水手們去赴宴，所以他的捕鯨小艇，被他佈置得極為舒適。甚至在與巨鯨進行生死搏鬥時，他也能一邊拿著銳利的魚叉攻擊巨鯨，一邊哼著歌兒。

史塔布最喜歡抽煙斗，在他床邊伸手可及的架子上，就擺著一排煙斗，每晚他就寢前，會把煙斗全部輪流吸過，再把它們一個個整齊地排放回去。

三副佛拉斯克是個短小精悍的小伙子，永遠精神奕奕、面色紅潤，與大鯨格鬥是他的最愛，一條恐怖的大鯨在他眼裡只不過是隻大一點兒的老鼠罷了。他之所以來捕鯨，純粹是為了好玩，因此花個三年的時間玩一趟，他也挺樂意的。

這三個高級船員各自指揮著他們的小艇，但是如果亞哈船長決定全力降服一條巨鯨時，他們就聯合起來，由船長指揮。他們各有一名掌舵手及魚叉手隨侍在側：大副的隨從是桂奎革；二副的隨從是塔斯蒂哥；三副的隨從是大個兒。

塔斯蒂哥是純種的印第安人，也是二副小艇的魚叉手；大個兒是個黑人，是佛拉斯克的魚叉手，他最顯著的特徵就是兩隻耳朵上分別掛了兩個大金環。桂奎革、塔斯蒂哥及大個兒這三個魚叉手都是體型魁梧，力氣特大，事實上，他們的貢獻最大，因為每次追擊巨鯨，必定少不了魚叉手。

黑夜來臨，值夜的人或躺或站或蹲或坐，大夥兒閒來無事，便開始齊聲合唱。

別了，西班牙姑娘，再會！

別了，西班牙的姑娘，再會！

「他們在幹嘛？唱歌幫助消化嗎？」水手艙的一名水手叫起來：「我們也來唱一段吧！」

於是水手艙的水手們也拉開嗓門合唱，一時之間，整艘船洋溢在一片歡樂的歌聲中。

「喂，前面的，敲八下鐘啦！」後甲板傳來大副的叫嚷聲。

「別唱了，喂，大家全部肅靜，敲八下鐘了，換班啦！」甲板上值夜的水手向艙口叫道：「右舷值班的人，敲八下鐘了，快滾上來吧！」

新的一批人換上甲板值夜，荷蘭水手躺在一邊，而畢普早已瞌睡連連。

「真是無聊，夥伴們，我們來跳一兩支舞吧！」法國水手提議：「喂，畢普，敲起你的小手鼓吧！」「嗄，」畢普被搖醒，還在晃著腦袋，「手鼓嗎？手鼓不曉得放到哪裡去了？」

「那就敲你的肚皮，甩你的耳朵好了。各位，我們就來快快活活地跳小步舞曲吧，來呀！」

「這不是舞池，我不喜歡在這裡跳，對不起，請原諒！掃大家的興。」冰島水手説道。

「我也不習慣沒有舞伴，傻瓜才會用自己的左手去握右手，還對自己説你好嗎？」馬爾他水手説道。

這時，亞述群島水手敲著小手鼓走上小艙來。

「唔，畢普，這個給你啦！夥伴們，大家準備呀！」

半數的人跟著小手鼓的節奏跳起舞來，有些人下艙，有些人則在索具間或躺或睡。

「用力敲呀！畢普，敲得再響亮些，別叮鈴噹啷的敲。」亞述群島水手邊跳邊嚷道。

「我向來都是這樣敲的。」

「咬緊牙關，繼續敲下去！」中國水手說道。

「大夥兒，讓我們一塊兒狂歡吧！」法國水手興奮地嚷道：「大家忘形地跳吧！」

塔斯蒂哥懶洋洋地在一旁吐著煙圈，冷眼打量這些瘋狂的白人，他一點兒也不覺得跳舞有趣。

過了一陣子，大夥兒跳累了，全都倒在一邊休息。這時，天空變黑了，開始起風。

「看情形，帆快要扯下來了。」東印度水手說道：「來自天上、怒潮高漲的恆河起風嘍！」

「這是海浪呀，連海浪也要跳舞啦！」馬爾他水手說道。

奔騰的大浪朝船側衝撞過來，船隻開始晃動。

「你看桅桿搖晃得多厲害，這種天氣是會把人捲到岸上去的，哦，連龍骨都像要被拆散了。」最年長的水手說道：「天空好像冒出一片詭異的黑色，怪可怕

的。」

「這算什麼，誰怕黑就是跟我過不去，我會把那個人給揪出來的。」大個兒嚷道。

有個西班牙水手聽到大個兒的話，不高興的想道：「他在嚇唬人，真讓人火大，我吃過黑人的虧，我就是不喜歡黑人。」然後他以嘲諷的語氣說道：「魚叉手，你的種族不但是人類中最黑的一種，而且黑得嚇人哪，我絕不是故意這麼說的。」

「你胡說！」大個兒惡狠狠地嚷道。

這時，南塔克特水手忽然叫道：「咦，我好像看到什麼了，是閃電嗎？」

「不是，是大個兒在齜牙咧嘴。」西班牙水手答道。

大個兒忽地跳起來，吼道：「閉上你的狗嘴，白皮佬，膽小鬼。」

「膽小鬼——」西班牙水手也跳起來，抽出一把小刀，「看我宰了你，大個子。」

「吵架嘍！吵架嘍！」大夥兒鬨鬧著。

「天上吵架，地上也吵架，」塔斯蒂哥緩緩噴出一口煙，「人類哪，都是些愛吵架的傢伙。」

「吵，吵，吵，你們這些人就愛吵架！」伯爾發斯特水手叫道。

「奪下西班牙人的小刀，你就可以揍昏他了。」英國水手在一旁叫道。

西班牙水手和大個兒擺好架式，看來這場打鬥是無法避免了。忽然，大副的聲音從後甲板傳了過來。

「帆邊上的人呀，扯起上帆，準備收攏中帆。」

「大風來了，大風來啦！夥伴們，快呀！」甲板上的人迅速散去。

畢普縮在絞車下面，眼神驚懼地望向四周：「哇！風來了，我聽見唏哩嘩啦的聲音，三角帆架給拆掉嘍，天呀！真可怕，多大的風哪，那些海浪的叫聲，我全聽見了，還有白鯨……，啊，至高無上的白神，可憐可憐躲在這裡的小黑孩子吧！他可不像那些天不怕地不怕的人哪……」

6 亞哈船長

離開南塔克特越遠，嚴酷的寒風也逐漸被擺脫在後，「皮科德號」卯足全勁奔向溫暖的南方。

伊斯梅爾每次走上甲板，就會下意識地望向船尾，但是始終沒有發現陌生的臉孔。

這天早上，他登上甲板去值上午班，突然一陣奇異的感覺貫穿全身，他反射性地立即回頭，後甲板上直立著一個人影，正在眺望海面，那就是亞哈船長。

他的身材高大而結實，古銅色的皮膚襯托出一股堅毅、剛強的氣質，那張飽經風霜的臉上有一種自信十足的神情，彷彿沒有任何事情能夠難得倒他，而他特異的站姿，更讓人留下深刻的印象。

在「皮科德號」後甲板的兩側，近帆護桅索的地方，各有一個深約半吋、凹進船板的鏇孔，亞哈船長的牙骨腿就插在鏇孔裡，他的一隻手則高高抓住護桅索，即使船身顛簸不已，他仍然筆直地站立著。

此後每天早上，水手們都可以在甲板上看到亞哈船長，他不是站在鏇孔裡，就是坐在他專用的牙骨椅子，觀測太陽、測量潮夕，然後在那隻牙骨腿上計算緯度。雖然亞哈船長很少說話，但他自然流露的威嚴，令人望而生畏。

這天早上，他做完例行的觀測後，便對桅頂瞭望的水手們大聲叫道：

「你們大家注意，這附近有大鯨，你們要是看到一條白鯨，就拚命大喊，聽清楚了嗎？」

裝備小艇的工作由大副指揮完成，令人驚奇的是，亞哈船長也沒閒著，他熱心地為那隻備用小艇忙裡忙外，似乎比水手還忙碌。

一般捕鯨船的右舷船尾，都吊著備用小艇，大家都稱之為船長小艇。

亞哈船長貴為一船之長，大可吩咐手下幹活，但是他卻樣樣親自動手，只見他一會兒做槳腳，一會兒砍著木頭和小扣針，還為艇肚多弄了一套船底包板，又調整繫繩粗板。他在那隻小艇內半跪著，拿著鑿子細心地鑿著，直到船上的侍應生叫喚大家吃飯了，他才放下手中的工作，招呼大副吃飯。

斯達巴克聽到亞哈船長的腳步聲消失後，便在後甲板上兜了幾圈，再瞥一眼羅盤，才輕快地叫道：

「史塔布先生，吃飯了。」

史塔布看到斯達巴克的身影消失在艙口後，才到索具旁繞了一會兒，裝模作樣地拉拉索具，好像想試試它們是否牢靠，然後叫道：

「佛拉斯克先生，吃飯了。」

佛拉斯克偷望一眼後甲板，確定只剩下他一個人後，便高興地跳起來，瘋狂地舞上一陣，把帽子一扔，飛奔下去，但在船長室門前，猛然煞住腳，換上一副正經八百的面孔，筆直而緩慢地走進船長室。

亞哈船長坐在餐桌的上首，他並沒有刻意擺出威嚴的樣子，也沒有阻止這些人在餐桌上聊天，但是他們誰也不敢講話，只是緊張的盯著這位船長大人手上的刀子，等著分菜。

亞哈船長叉了一塊肉之後，便示意斯達巴克把盤子遞過去，大家輪番叉肉，等傳到佛拉斯克面前時，只剩下菜底了，這個可憐的三副，又不敢伸長手臂，橫過桌面去取菜，因此他每次就只有撿殘羹剩菜的份兒。

大家靜靜地移動著刀叉，輕輕咀嚼著食物，如果這時誰的刀子不小心碰到碗盤，這些副手們必定會嚇得跳起來。

如果亞哈船長是「皮科德號」的國王，那三個副手就是三個王子，只有他們有幸與亞哈船長共餐，但是佛拉斯克最不喜歡在船長室用餐，因為依照規矩，他是最後入座，但又必須最早起身離開，至少他得比史塔布早一步離席，所以他每次都沒有吃飽。

他常常抱怨，雖然貴為三副，但是除了滿足個人的虛榮心外，這個職位實際上並沒有帶給他什麼好處。

與船長室只有一板之隔的魚叉手們，在用餐時可就快活多了。

桂奎革與塔斯蒂哥面對面的坐著，一個是銼刀般的牙齒，一個則是鋸齒般的牙齒，把食物放在嘴裡嚼得嘎嘎作響，把那個瘦弱的侍應生嚇得渾身發軟，高興的時候，還拿出口袋裡的磨刀石磨來磨刀叉。

大個兒因為身材太高大，若坐在椅子上，頭部會頂到低矮的船樑，因此只能席地而坐。他與其他兩個魚叉手不同，不但吃相文雅，就連食量也不大，不禁讓人納悶，他粗大的身軀和過人的活力是靠什麼來維持的。

他們對於食物都很滿意，唯一不滿的地方，就是覺得侍應生太吝嗇，總出端出份量不足的食物，存心要他們餓肚子，然而他們畢竟不是那可憐的三王子，他們會大吼大叫的爭取食物。

桂奎革指著空蕩蕩的大木盤，盯著侍應生。

「繼續端上來，這點兒東西怎麼夠吃？」「你們已經吃掉那麼多了，船上食物的庫存……」侍應生還沒說完，就覺得背後有人用刀叉戳他。

「快點！否則又你來吃。」塔斯蒂哥嚷道。

侍應生呆杵在那兒，一時之間不知道該怎麼辦才好？

「喂，你聽到了沒有？」大個兒一手拎起侍應生，把他的腦袋壓在那只大木盤裡，一手拿著刀，在他面前旋來轉去。

嚇壞了的侍應生慌忙跑進廚房，再端出一大塊鹹牛肉，然後飛快躲到門後，怯怯地瞅著這群一餐要吃掉一頭牛的可怕蠻子。等這幾個魚叉手吃飽喝足離去後，他才敢出來清理餐桌。

「皮科德號」順著南美洲南下，晴朗、暖和是這個地理區域氣候的寫照，甲板上終日暖洋洋的，亞哈船長逗留在甲板上的時間也越來越長。

這天夜裡，亞哈船長走到甲板上，叫值班的水手搬來那張牙骨椅，就坐在向風的地方猛吸著煙斗，濃煙不斷地從他口中噴出，又吹回他的臉上。

「這是怎麼回事？」他苦惱的喃喃自語著：「吸煙也不能減輕我的痛苦了，噢，如果煙斗也失去了魔力，那我一定是要遭殃了。」他站起身，把煙斗拿在手上，仔細端詳半晌：「如果連你也幫不了我，我還要你幹什麼？」

他把那枝還燃著的煙斗扔入海裡，開始在甲板上蹣跚地來回踱步。

每到夜間，船員就寢後，每個人自然而然地都會放輕步子，以免吵到熟睡的人，如果萬不得已，一定得弄出聲響，例如把一根繩子拉上甲板，這時值夜的人也會將繩索小心翼翼的放下，而不像白天時那樣粗手重腳。

就連亞哈船長也能體恤副手們白天的辛勞，為了讓他們睡個好覺，因此他在夜間都儘量避免在後甲板上巡邏。

但是這夜，心情煩躁的亞哈船長，似乎忘了副手們睡在甲板下不到六吋的地方，他在船到主桅間的甲板上踱來踱去，那隻牙骨腿也喀喀地響個不停，搞得那些副手們心神不寧，都以為自己睡在鯊魚的牙床上。

終於史塔布忍受不了，他走上甲板，拘謹而客氣的說：

「船長，如果你喜歡在甲板上走動，沒有人能夠干涉，但是你能不能把聲音放輕一點，我是說……」

「我是顆大炸彈嗎？史塔布，要你這樣來說我。」亞哈船長凶惡地瞪著二副，嚴厲地說：「還不滾開！滾回你的墳墓去，像你這種人就適合裹著壽衣躺在那種地方。下去，狗傢伙，滾回你的狗窩去！」

史塔布沒想到亞哈船長會如此凶悍，又口出惡言，他倒退一步，張口結舌，半天說不出話來。過了幾秒鐘，他才激動的說：

「我不喜歡人家用這種態度對我說話。」

「閉上你的狗嘴！」這幾個字似乎是從亞哈船長的齒縫中迸出來的，然後他惡狠狠地轉身走開。

「不，船長，我一定要說，人家叫我狗，我是不服氣的。」史塔布跨前一步，鼓起勇氣說道。

亞哈船長站住了，冷冷地瞪著史塔布。

「那麼，最好叫你驢子、騾子、飯桶，你給我滾遠一點，否則我會要你的命！」

亞哈船長吼完，作勢要撲向史塔布，神色蒼白而恐怖。

史塔布本能地向後倒退，最後他發現自己不知不覺地向艙口走去。

「我到底怎麼了？」他搔搔腦袋，自言自語道：「以前要是人家這樣侮辱我，我一定會狠狠反擊回去的。」

可是這次，他竟然乖乖地走回吊鋪，此刻，他不知道是該轉回去揍亞哈船長一頓？還是跪下來替他禱告一番？總之，這真是個古怪的念頭，史塔布著實被嚇壞了，他搞不清楚到底自己是被那些惡毒的罵人字眼給罵傻了？還是被那張恐怖的臉孔給嚇呆了？當他躺在吊鋪上時，還兀自懷疑自己是不是還有知覺？是否剛才被亞哈船長踢了一腳而沒有感覺？

當天晚上，他做了個噩夢，夢到自己被亞哈船長的牙骨腿踢了一腳，他反踢回去，踢到的卻是堅硬的金字塔，亞哈船長變成金字塔了，而他還像個傻瓜似的猛踢不已。

經過這一事件，史塔布學乖了，他絕不主動去招惹亞哈船長，甚至認為，如果可能的話，就永遠也別搭理他。

南方的世界幾乎天天都是晴空萬里，亞哈船長似乎已經養成早餐後到甲板上散步的習慣，船板上留下的許多凹痕，就是他的傑作。

這天，他走到甲板上，每個人都可以聽到那隻牙骨腿規律地敲擊著甲板所發

出的聲音。他一會兒走到主桅邊，一會兒又轉到羅盤台，然而這一次他的步履顯得格外沈重，彷彿滿懷心事，連一向大而化之的史塔布都察覺到情況有些不大對勁。

「佛拉斯克，你注意到了嗎？」他悄聲告訴身旁的三副：「這老頭兒有心事，看樣子快耐不住了，我猜他很快就會說出來。」

「咱們等著瞧吧！」佛拉斯克眨眨眼，也悄聲回答。

時間分分秒秒地過去，亞哈船長仍然時而到甲板上踱步，時而把自己關在船長室，但他始終神色凜然，不發一語。

暮色迅速地向四周擴散，天色漸漸暗了下來，這時，亞哈船長突然在舷牆邊站定，他把牙骨腿插在鏃孔裡，一隻手緊緊抓著護桅索，莊嚴地吩咐大副。

「斯達巴克，立刻把大家召集到船尾來。」

「船長——？」斯達巴克疑惑地叫道。通常在船上，除非遇到特別緊急的情況，否則一般很少會發出這種命令。

「把大家全部召集到船尾來！」亞哈船長清晰而堅定地重複一遍，然後仰頭大叫：「喂，桅頂上的瞭望人呀，統統下來！」

全體船員都聚集後，大家以驚奇且略帶憂慮的眼神望著亞哈船長，因為他的臉色陰晦，就像是暴風雨來臨前的天空。他銳利的雙眼很快地掃過這群水手，然後垂下頭，若有所思地兀自踱著方步。人群中立刻發出噫噫嗡嗡的聲音，大家開始交頭接耳。

史塔布緊盯著亞哈船長的一舉一動，低聲告訴佛拉斯克：「亞哈船長把大家集合到這兒，一定是要大夥兒欣賞他高明的走路法。」

「也許他在暗示我們，別輕舉妄動，因為他和一般人一樣正常。」佛拉斯克答道。

就在這時，亞哈船長突然止步，轉過身子，高聲向眾人問道：

「各位，如果你們看到一條大鯨時，你們第一步會採取什麼行動？」

「高聲叫喊。」一、二十個聲音齊聲回答。

「很好，」亞哈船長讚許道：「然後下一步呢？」

「放下小艇，追擊。」

亞哈船長緊繃著的臉鬆弛了。「你們是抱著什麼樣的心理去完成這個任務？」

「不是鯨死就是艇沈。」

亞哈船長臉上的陰鬱頓時一掃而空，整張臉都亮了起來，好像十分興奮、滿意，水手們面面相覷，沒想到這麼基本的回答，竟會使他們的船長如此高興。

亞哈船長的那隻牙骨腿又開始在鏇孔裡半轉著，一隻手高高地抓著護桅索，激動地大聲嚷道：

「桅頂的瞭望人呀，你們已經聽過我發出關於追捕一條白鯨的命令，現在，各位，你們仔細看看，這是一個西班牙金幣，」他掏出一枚金幣，高高舉起，金幣迎著陽光熠熠生輝，每個人的視線都被那燦爛的金光深深吸引住。「這是一個值十六塊錢的金幣，你們都看清楚了吧！斯達巴克先生，麻煩你把大鎚子拿給我。」

大副去拿鎚子時，亞哈船長把那枚金幣放在外套的衣角上摩擦著，似乎想把它擦得更閃亮，他的喉嚨發出一陣嘰哩咕嚕的聲音，沒有人聽得清楚他到底在說些什麼。

斯達巴克把鎚子送了過來，亞哈船長一手高舉鎚子，一手刻意地炫耀著金幣，站在主桅邊宣布：

「你們之中任何一個人，只要替我發現那條額上有皺摺、鉤嘴，右尾有三個刺孔的白色巨鯨，就可以得到這枚金幣。」

「萬歲！」水手們望著釘在桅桿上的金幣，大聲歡呼起來：「萬歲！」

「那是一條白鯨，你們可要好好盯牢牠。」亞哈船長把鎚子往旁邊一甩，繼續說道：「聽清楚，夥伴們，你們只要看到牠噴出一顆泡沫，就立即大聲叫喊。」

大夥兒都聽得目瞪口呆，而桂奎革、塔斯蒂哥和大個兒這三個魚叉手更是覺得有趣和驚奇。當他們聽到是一條有皺摺額頭、鉤嘴等特徵的白鯨時，三個人都驚跳起來。

「亞哈船長，」塔斯蒂哥問道：「那條白鯨是不是就是人家稱牠做摩比．迪克的傢伙？」

「摩比．迪克——」亞哈船長叫道：「你認得那條白鯨？」

「喔，牠是不是有個奇怪的習慣，每回要鑽進水裡之前，都會擺一擺牠的尾巴？」塔斯蒂哥繼續問道。

「牠的噴水好像也很古怪，對嗎？船長，」大個兒想了一下，「噴得又密又快，比普通的抹香鯨厲害多了。」

桂奎革馬上接著嚷道：「牠的身上還藏有一、二、三……啊，好多支魚槍呢！全部都扭曲成……扭曲成……像這樣……」他結結巴巴地想找出一個適當的形容詞，可是半天都講不出來，一隻手不停地在空中畫著圈圈。

「螺旋錐！」亞哈船長叫道：「對！桂奎革，插在牠身上的魚叉全扭曲了；大個兒，你說的沒錯，牠的噴水很雄壯，而且白得像羊毛絮；塔斯蒂哥，牠擺動尾巴時，就像被狂風吹得抖顫的三角帆。嘿！朋友們，這就是你們看到的摩比．迪克，一點兒都不錯，牠確實是摩比．迪克。」

亞哈船長狂熱的態度，著實令眾人吃了一驚，斯達巴克更是覺得驚異萬分，但他一直不曾開口，最後，他才忍不住問道：

「亞哈船長，我也聽人提起過摩比．迪克這條白鯨，」他的目光落在他上司的那隻牙骨腿上，「您的腿是不是就是被摩比．迪克咬掉的？」

「誰告訴你的？」亞哈船長倏地反問，過了一會兒才承認道：「不錯，摩比．迪克就是罪魁禍首，牠害我必須藉著這截牙骨腿才能站在這裡。」他的聲音哽咽了，憤怒而嘶啞地叫道：「牠使我永遠成為一個獨腿的笨水手，我發過誓，即使走遍天涯海角，就算在地獄才能找到牠，我也會鑽到地獄去追擊牠，不置牠於死地，絕不罷休！各位，我之所以雇用你們，就是要完成我的心願，我相信你們都是勇敢的人，你們願意與我一起完成這樁任務嗎？」

「願意。」水手們齊聲回答。

亞哈船長感動得無以復加，他喃喃說道：「願上帝賜福給你們。」然後，他轉頭大聲吩咐侍應生送酒，就在這時，他瞥見臉色凝重的大副，「斯達巴克先生，不必把臉拉得那麼長，難道你不願意追擊那條白鯨嗎？」

斯達巴克可不像亞哈船長那麼熱衷，他平靜地說：

「倘若是在航程中碰到的話，我非常樂意盡我的全力去打那張鉤嘴，但是我不想刻意去追逐牠，亞哈船長，我是來捕鯨的，不是替我的上司報仇的。而且，就算你逮到牠又怎麼樣？除了報一箭之仇外，你還能得到什麼？多弄到幾桶鯨油嗎？船長，這拿到我們南塔克特還賣不到幾個子兒呢。」

「南塔克特市場！」亞哈船長怪叫起來，不屑地說：「別傻了，斯達巴克，我偉大復仇行動的價值可是遠遠超過所有金錢哪！」

「老天，你簡直是被復仇沖昏了頭，」斯達巴克搖頭嘆息，「與一條不會說話的大鯨賭氣，真是的。」

「斯達巴克，你該知道，所有看得見的東西都是表象，你要能夠從這表象下看出真實來。那條白鯨，表面上看起來是沒什麼價值，但是牠如此殘忍的對待我，我看清牠凶暴的本質，也看清牠的邪惡，這些都是我憎恨的，不管牠是白鯨還是其他什麼東西，我都要斬除牠。斯達巴克，你是全南塔克特最佳的魚槍手，在每位水手都幫著亞哈打白鯨的時候，你是一定不會退縮的，對不對？」亞哈船長看了這個大副一眼，得意地想著：「看情形，他是沒話說了，哈，我已經說服他了，現在他再也無法反抗我了。」

斯達巴克失神地站在那兒，雙眼乞求似地仰望著天，喃喃說道：「願上帝保佑我——保佑我們全體吧！」

亞哈船長有些得意忘形了，他沒有聽到大副的禱告，也沒有注意到船艙裡那陣低沈的笑聲，他大聲喊道：

「拿酒杯來！」然後轉身告訴魚叉手們，「拿出你們的魚叉來，站在絞盤的這一邊；斯達巴克先生、史塔布先生、佛拉斯克先生，你們拿著魚槍站到我旁邊來，還有你們這些強壯的水手們，把我團團圍住吧！」

「喝吧，夥伴們！」他把酒杯遞給身旁的水手，「依次傳下去喝，儘量喝吧！」

「你們幾位副手，把魚槍架在我前面，很好，我要摸一摸那叉軸。」他伸出一條臂膀，一把抓住由那三支閃閃發亮的魚槍所架成的叉軸，目光從斯達巴克掃到史塔布，再從史塔布掃到佛拉斯克。史塔布和佛拉斯克斜睨著他，但斯達巴克卻垂下眼皮。「把魚槍放下，現在，我要你們幾位副手做我勇敢魚叉手的上酒人，呃，別瞧不起這個差使，偉大的羅馬教皇也曾用他的皇冠給叫花子當洗腳水盆呢！魚叉手們，把魚叉的木桿卸下吧！」

魚叉手們遵從命令，卸下魚叉上的桿子，把魚叉鐵頭豎起，站到亞哈船長面前。

「打斜拿著，別讓銳利的鋼頭戳到我了。」亞哈船長喊道：「好，現在把魚叉頭拿過來，把接口倒轉過來，讓我來斟酒。」他依序把杯裡的烈酒注滿魚叉頭的接口。「現在你們已經加入這個同盟，就不能再退出了，我們以太陽為證。喝吧！你們這些捕鯨小艇的指揮者，我們發誓，如果不殺死摩比．迪克，上帝就不會饒恕我們大家。」

三隻酒杯被高高地舉起，水手們異口同聲高呼：

「追擊白鯨！殺死摩比．迪克！」

亞哈船長慢慢踱回船長室，甲板上的水手們也逐漸散去，只剩下臉色慘白的斯達巴克獨自佇立在那兒，他的手猛然按住額頭，苦惱的低吟著：「我已被一個瘋子控制了，為什麼我毫無反抗就自動棄械投降？我實在不贊成他那種病態的復仇心理，但我又必須協助他達到目的，我是多麼為難呀！誰叫我這卑微的職位必須服從他的命令呢？」

晚上，亞哈船長走進艙房，把一大捲泛黃的航海圖攤在桌上，那盞錫蠟燈在他的頭頂上晃來晃去，他就這樣專心地研究起來，偶爾用鉛筆在上面標個記號，還不時翻閱肘邊那疊舊航海日誌。

每晚他都把航海圖仔細研究一遍，有許多舊記號被擦掉，又添上許多新記號。現在他對大海中所有的大小洋流都十分清楚，藉著抹香鯨食料的漂流情況，他可以準確推算出他的獵物移棲的季節。

當抹香鯨由一個食料漁場移到另一個食料漁場時，都會沿著特定的海洋線筆直謹慎的前進，這或許是牠們與生俱來的習性，所以只要掌握牠們這種特性，再精確計算時間，就可以在不同的食料漁場尋獲獵物，而大有收穫。

然而亞哈船長對一般的抹香鯨已沒有太大的興趣，他主要的目標就是摩比·迪克。那次的追擊經過是他畢生難忘的，他的三艘小艇被巨鯨撞得支離破碎，小艇上的水手們全部落入海中，混亂中他從破爛的艇頭抓到一把小刀，順手朝巨鯨擲去，摩比·迪克突然從他下面騰起，牠鐮刀似的下顎一揮，亞哈船長就注定要終身殘疾了。

在回程中，亞哈船長幾乎瀕臨瘋狂的狀態，他不斷的狂吼亂叫，這個意外，不但造成他身體的傷害，更造成他心理的傷害，他要好好發洩一番，但是他的舉動卻把船上的水手們嚇壞了，大副不得不用繩子把這個瘋船長綁起來，過了一些時候，他才逐漸恢復平靜，重新回到甲板上發號施令，儘管他的臉色依舊蒼白，水手們還是很高與他終於恢復正常了。然而有誰知道，亞哈船長的瘋狂實際上並沒有消退，他只是把它深深地隱藏起來。

他對那條白鯨的仇恨與日俱增，一切邪惡的東西，在他看來都是摩比·迪克的化身，到了後來，他甚至在睡夢中都會看到那個可憎的雪白額頭和背峰，他的拳頭不自覺的捏緊，醒來時才發現手掌心已被指甲掐得鮮血淋漓。

然後他開始進行他的復仇計畫，他非常謹慎，連「皮科德號」的股東們都不知道，他運用他的智慧研究航海圖，再運用他的說服力去影響水手，只要他能夠小心掌握好，「皮科德號」會載著他們，一步步朝他的目標邁進。

夜更深沈了，亞哈船長從航海圖上緩緩抬起頭來，望著那盞搖來晃去的小燈出神。

「我會逮到你的，摩比．迪克，只要我下定決心，我就會做到。他們都認為我瘋了，尤其是斯達巴克，是呀，我是瘋了，我完全瘋了，但是我的神智絕對清醒。摩比．迪克，這一次你絕對逃不出我的手掌心了。」

7 噴水的精靈

天氣陰沈而悶熱，海面上沒有一絲風，每個人都提不起勁兒。

有些水手在甲板上閒蕩，有些則倚在船舷向遠處眺望，伊斯梅爾和桂奎革不帶勁地編結著用來捆綁小艇的繩子，伊斯梅爾編結一小段後，桂奎革就用橡木劍在紗線上輕輕敲攏，這是個單調而乏味的工作，伊斯梅爾機械般的擺動雙手，越來越覺得眼皮不聽使喚，要不是一陣奇特、悠長的聲音傳來，他真的可能會昏睡過去。

塔斯蒂哥站在桅頂橫木上，高大的身子已急切地傾向前方，一隻手高高舉起，大聲喝誦著只有這個印第安人才能發出的抑揚頓挫、富有韻律的調子。

「牠在噴水啦，看呀，快看，牠在噴水啦！」

「在哪個方向？」

「直向下風的地方，」塔斯蒂哥大叫：「大約在兩哩外，有一大群呢！」

水手們立刻蠢動起來，窒悶的空氣一掃而空，大家開始熱烈地談論白鯨。

「牠在甩尾巴了。」

塔斯蒂哥嚷過之後，那條大鯨也潛入浪濤中不見蹤影，這時，亞哈船長跌跌撞撞地跑上甲板。

「快！快記下時間。」他叫道。

前後帆的水手都下來了，大吊鉤推了出去，主桅下桁也被卸掉，三艘小艇隨即出動，心急的水手已爬到舷牆外，一手抓住欄杆，準備隨時躍入小艇中。

亞哈船長領著四、五個人走向右舷船尾的船長小艇，這幾個人行動快速，走起路來悄無聲息，其中一個人身材高大、面孔黝黑、邪氣十足，在他緊閉的雙唇中，爆出一顆大門牙，他身著墨黑的棉衫和同質料的寬大長褲，細長的髮辮盤在頭頂上，外面還纏著一條醒目的白頭巾。

水手們臉上露出掩不住的驚愕，目光都聚向那批黑色的影子，亞哈船長向那個紮著白頭巾的老頭子叫道：

「準備好了嗎？費達拉。」

「都準備好了。」

「好，現在放下去。喂，你們聽到了嗎？」他轉向甲板的方向叫道：「放下去呀！」滑轤一陣轉動，三艘小艇被放下去了，水手們從忽高忽低的大船邊，一躍而跳上小艇。

三艘小艇先後划出去，第四艘小艇迅速繞過船尾划來，那五個神秘人物就是船長小艇的水手，亞哈船長筆直地站在船尾，大聲招呼斯達巴克、史塔布及佛拉斯克。

「散開，散開！」亞哈船長嚷道：「儘量划開，把這一大片海面包圍起來！」但是幾艘小艇都沒有動，每對眼睛仍然集中在那些怪異的陌生人身上，疑慮與不安慢慢自每個人心中升起。

「喂，你們聽到沒有，用力划呀！」亞哈船長看到一張張呆若木雞的臉，不耐煩地喊道：「佛拉斯克，你往下風划去。」

「是，船長。」佛拉斯克輕快地叫道，把那枝大舵槳誇張地揮去，向他的水手嚷道：「往後扳，夥伴們，往後扳！哇，牠又在噴水啦！就在正前方哪！」

大副斯達巴克遵從亞哈船長的指示，划向另一個方向，當他的小艇斜斜掠過史塔布的艇頭時，史塔布向他招呼。

「喂，斯達巴克，跟你說句話，你想聽嗎？」

「說吧！」斯達巴克答道，連頭都沒轉一下。

「那些人——，我是說船長小艇上的那些人，都是些什麼人呀？」

「不知道，大概都是偷渡上來的。史塔布，別管這麼多了，咱們來此的目的就是希望多打幾條大鯨，多弄些鯨油回去，現在，鯨油就在前面，叫你的水手們使勁划吧！」

「嗯，我也這麼想，」史塔布望著大副遠去的小艇，自言自語道：「但是我眼睛一瞥到他們，就覺得渾身不舒服，事情一定不是這麼簡單，或許這就是為什麼亞哈船長老往艙裡跑的原因，原來他們全躲在那下面，白鯨搞不好也在那底下，哼！不管了，由他們去吧！」他轉向他的水手，緩緩哼道：「夥伴們，行動吧！別慌張，慢慢划！」

亞哈船長的那艘小艇一直領先朝上風行駛，由此可以看出，他的那些水手是多麼強壯有力，他們極規律地划著槳，無論一衝一仰，都配合得恰到好處，五個鐵打似的褐色傢伙，使得那艘船長小艇彷彿是由蒸汽鍋爐在推動。

坐在小艇一頭的亞哈船長伸出一條臂膀斜指向天際，忽然，他變換了一個特別的手勢，那艘小艇的五枝槳同時打直了，小艇倏地停住不動，後面跟著的三艘小艇也立即停了下來。

這時，那群大鯨紛紛沈入海中，距離較遠的小艇都看不到這種情形，只有最前面的船長小艇能看得一清二楚。

「注意你們的槳！」斯達巴克叫道：「桂奎革，你站起來！」

這個魚叉手一躍而起，筆直地站著，熱切的目光不停地向海面搜尋，而斯達巴克也站在艇梢，神色嚴肅地凝望海面。

佛拉斯克的小艇也跟上了，在不遠處停下來，他踮起腳尖，站在船尾的圓柱上張望。

「我什麼都看不到，」矮小的佛拉斯克叫起來，「快把一枝槳調轉過來，我要爬上去瞧瞧！」

大個兒扶著艇舷，走到船尾，立在佛拉斯克面前，他拍拍自己的肩膀。

「要上來嗎?先生，這比桅桿還有用呢！」

「啊，你真好，大個兒，謝謝你。」佛拉斯克高興的叫道：「我真希望你能再高個五十呎。」

雖然小艇被浪濤推得搖來晃去，大個兒仍然張開雙腿穩穩地半蹲著，讓佛拉

斯克攀立在他的肩上。

史塔布可沒有佛拉斯克這樣濃厚的好奇心，他舒舒服服地坐在小艇上，從帽帶上抽出煙斗，不疾不徐地裝起煙葉，然後取出火柴，在那粗得像草紙的手上擦燃，正當他想好好吸一陣煙享受一番時，他的魚叉手塔斯蒂哥突然發狂似的跳起來，急喊道：

「下去了！統統下去了！快划呀！鯨就在那邊。」

海面上瀰漫陣陣水霧，幾十碼外的東西都看不清楚，更別説是一條白鯨，但是四艘小艇仍然不放棄地在海面上往來穿梭。

「划呀，用力划呀。」斯達巴克低聲告訴他的水手，他晶亮的雙眼直盯著艇頭前方，彷彿要看破那層水霧。

佛拉斯克在他的小艇上跳來跳去，叫嚷不已：「夥伴們，快划呀！把我拖上去，拖到大鯨背上去吧！只要誰能幫我這個忙，我願意把我瑪莎葡萄園的那塊地送給他，包括我的老婆兒子，快呀！把我放上去，啊，我已經迫不及待了，你們看看那白水！」他摘下頭上的帽子，甩在地上用力踩踏著，然後撿起來，向海面上扔出去，最後自己竟在艇梢倒豎起來。

「你們看那傢伙，他發狂了！」史塔布在他的小艇上，咬著那支沒點燃的小煙斗，瞪視著佛拉斯克，不慌不忙的說道：「讓他瘋個痛快吧！夥伴們，慢慢划，別太用勁兒，否則你們的背脊骨會扭傷，只要不停地划就行了，千萬別急呀！」

四艘橫衝直撞的小艇，在海面上掀起陣陣水霧，水手們專心地盯著海面，恨不得能夠看穿水濛濛的霧氣，一片忙亂中，只聽見指揮者和魚叉手的叫喊聲，以及槳手們顫抖的喘息聲。

海面漸趨平靜，鯨群似乎散開了，斯達巴克的小艇緊追著向下風拚命奔去的三條大鯨，風勢越來越猛，帆已收起，槳手們只能加速扳著划槳，頂著風向前衝去。

「用力划呀！在刮大風前，我們還來得及打到一條鯨。」斯達巴克喊道：「瞧！又起白水了，夥伴們，靠過去。」

附近傳來兩聲叫喊，其他小艇已經動手了，斯達巴克站在艇梢，神色緊張地張望著。

「魚叉手，準備。」他悄聲吩咐道，桂奎革拿起魚叉，陡地跳起來。

一聲巨大的翻滾聲，好像五十頭大象在打滾，讓大夥兒嚇了一跳，但是向前望去，只有層層迷濛的水霧，和彼此撞擊的浪濤。

「那是牠的背峰，快！給牠一槍。」眼尖的斯達巴克首先發現大鯨，悄聲叫道。

桂奎革猛地擲出魚叉，小艇急遽震動一下，艇尾好像受到一股力量的推撞，小艇迅速向前衝去，撞到什麼東西，篷帆撐破了，這時，艇下似乎有巨大的東西在翻滾，小艇顛簸晃盪起來，水手們個個東倒西歪，旁邊射來一陣炙熱的霧氣，大夥兒都覺得快要窒息了。一陣混亂中，那條只被魚叉輕輕擦了一下的大鯨趁機溜走了。

每個人都狼狽不堪，幸好小艇完好無損，只是裡面積滿了海水。水手們將漂浮在海面上的槳逐一拾回，綁回舷邊後，就束手無策，只能坐在積水及膝的小艇內等待救援。

斯達巴克割斷綁著防水災柴桶的繩索，取出火柴，擦了好幾次，才把燈籠點亮，他把燈籠綁在浮標桿上，交給桂奎革，由他擎住那微弱的希望之光。

這群人就這樣渾身濕透，抖抖顫顫的過了一夜，直到東方泛白，才抬起眼皮。

桂奎革突然跳了起來，雙手捂住耳朵，然後大家才隱約聽見模模糊糊的繩索和帆桁聲，濃霧中有個巨大的影子朝這個方向過來，每個人頓時嚇得渾身發軟，立刻躍入海中逃命。那個黑影繼續接近，啊！原來是「皮科德號」，他們以為大副小艇上的船員全部罹難，想來尋找一些殘艇斷槳作為證明，沒想到小艇和水手們全部安然無恙。

伊斯梅爾被拉上甲板，渾身淌著水，仍心有餘悸，他馬上把桂奎革拖到一邊，以近乎絕望的語氣問道：「桂奎革呀，你是我最值得信賴的朋友了，你老實告訴我，在捕鯨船上是不是經常會碰到這種事？」

「多到懶得去計算。」桂奎革回答，他臉上完全沒有伊斯梅爾那種喪氣的表情。

「啊，你別嚇我了！」伊斯梅爾還不太能接受這個事實。

他轉過頭，看見裹著油布外衣的史塔布，他正在雨中悠閒地吸著煙斗。

「史塔布先生，我記得你曾經說過，斯達巴克先生是你所碰到過的捕鯨人中，最仔細謹慎的人。」

「不錯。」史塔布點點頭，吐出一個煙圈。

「那麼我請問你，在視線不明的大海上，又是狂風又是大浪，收起篷帆去追擊一條飛奔的大鯨，對一個捕鯨人而言，是否是明智之舉？」

「當然！」史塔布非常肯定，「有一次，好像是在合恩角，我就是在大風裡，從一艘漏船下到小艇去捕鯨。」

「噢。」伊斯梅爾沒話說了，他轉過身子，正巧佛拉斯克就在他身邊，他順便也詢問這個三副的看法：「佛拉斯克先生，對於捕鯨這個行業，你的經驗比我豐富，我是完全不瞭解的。」他頓了一下繼續說道：「如果你要一個槳手拚著老命，不聲不響地把自己划向鬼門關去，他也必須遵守嗎？」

「你在胡扯些什麼，我會那麼做嗎？不過我告訴你，服從命令是這個行業不變的法則。」佛拉斯克答道：「經你那麼一說，我倒想瞧瞧水手們把小艇划到大鯨面前是什麼情況，我想大鯨一定很驚訝，而對他們刮目相看，哈哈。」

伊斯梅爾一點都不覺得有什麼好笑，想想看，對捕鯨人而言，在海上碰到狂風或翻船，甚至露宿海上，都是家常便飯；而在追擊大鯨時，每個人都必須服從小艇指揮人的命令，如果小艇指揮人下令冒著大風浪去追擊大鯨，任何人都不能抗命，這等於是把自己的生命交給指揮小艇的人，可是連斯達巴克這個以謹慎著稱的大副都會發生這種意外狀況，那其他人又怎能使伊斯梅爾放心呢？伊斯梅爾想到這裡，心中不禁打了一個冷顫。

「這時候，當務之急是先立好我的遺囑。」他轉向桂奎革，「跟我來，桂奎革，請你做我的遺囑執行人和遺產繼承人吧！」

這些日子以來，「皮科德號」順著大西洋南下，已陸續駛過四個漁場了。費達拉總喜歡在月夜的晚上攀到主桅頂，在那裡瞭望，事實上，晚上雖然有可能發現鯨群，但是從沒有捕鯨人敢冒險摸黑下海去追擊。

水手們似乎逐漸接受費達拉存在的事實，伊斯梅爾常常不自覺地想到，在「皮科德號」出發的那天清晨，他在碼頭看到幾個偷偷上船的人影，是否就是費達拉那夥人。如果真是如此，那麼伊利亞的確知道某些內情。

這夜，風清月明，「皮科德號」在月光下行駛，銀白色的浪濤從這艘牙骨船的兩側滾滾而過，費達拉的白色頭巾與銀白的月光相互輝映，連續好幾個晚上的同一時辰，他都在桅頂上守望著。

「牠在噴水啦！」他那毛骨悚然的聲音叫起來，連躺在吊鋪上的水手都嚇得跳起來。

亞哈船長大步而快速地斜衝上甲板，大聲命令：

「立刻收起上桅帆及各種副帆。」

然後他找來船上最優秀的水手擔任舵手，把桅頂上的瞭望人重新配置後，這艘大船就順風駛去。

船尾欄杆側吹來一陣風，將大船輕輕向前推，像是勇猛的戰士，威風八面的出征了。然而大船兜了幾個晚上，每對眼睛幾乎望穿海洋，卻始終沒有再看到那銀白色的噴水。

過了幾天，大約是在同一個時辰，又有人喊叫著：「噴水了！」大家也看到了，但是收起帆去追趕時，又不見蹤影。大夥兒被騙了幾次後，也就不再去注意了。

這個噴水大都發生在晚上，有時隔了一天，有時卻隔了兩三天，而每次噴水的地點，總是離「皮科德號」越來越近，好像刻意在引誘這艘船到某個地方。

某些迷信的水手立刻想到摩比．迪克，那條傳說中既殘暴又狡猾的白鯨。

抹香鯨軀體龐大，力大無窮，是海洋裡相當凶暴的動物，據說所有的魚類只要看到抹香鯨，就會嚇得半死，在倉皇逃命時，往往有些魚兒因為太緊張，不小心一頭撞上岩礁，結果當場斃命。

在眾多抹香鯨中，有一條特別與眾不同，牠通常都是獨來獨往，雖然牠也具有一般抹香鯨的特徵，但牠的外形比其他抹香鯨更亮麗、耀眼，牠有雪白、皺摺的前額及高聳、巨大的背峰，全身流洩著如大理石般的條紋及斑點，當牠穿過蔚藍的海面時，會留下一道碎鑽般的銀浪，牠就是捕鯨界中赫赫有名的「白鯨」。

這條白鯨有著優美的身軀，但是牠的狡猾、惡毒及凶猛也是出了名的，牠那個碩大的頭顱裡，好像深藏著智慧與陰謀，牠無時無刻不在等待機會，以便一口咬碎那些追擊牠的捕鯨船。

最令人驚奇的是，這條巨鯨雖然遭受人們多次的追擊，身上也被插了好幾支槍頭，但牠總是能夠巧妙地脫逃。無論在大西洋、印度洋或太平洋，都有捕鯨人見到這條白色的影子，人們輕易就能認出牠來，也驚訝牠的命大，於是稱牠摩比·迪克，而人們之所以給牠取名字，與其說是尊敬，倒不如說是恐懼要來得更恰當些。

雖然人們都曾聽過摩比·迪克種種神奇的傳說，也知道牠的殘暴，然而每當

他們看到那白色的背峰時，還是忍不住放下小艇去追擊，結果非死即傷，下場異常悲慘。據說凡是碰到這條白鯨的捕鯨船，至少都有一人死亡，甚至有幾艘曾經攻擊摩比．迪克的捕鯨船，其罹難水手的總數，相當於一艘捕鯨小艇的人數。

十九世紀初，一艘南塔克特的捕鯨船「埃塞克斯號」，由船長波拉德率領，在太平洋巡弋，有一天他們看到噴水，便放下小艇去追擊，那群抹香鯨中有幾條被魚叉戳中，這時，一條特別龐大的巨鯨突然衝出小艇的包圍，用前額直向大船撞去，才幾分鐘的時間，整艘大船就翻覆，水手們棄船逃生，不久大船沈沒，連一片船板都沒有浮上來，最後這些人被救上岸。第二次波拉德船長又率船到太平洋，他的船又莫名其妙撞上岩礁而沈沒，從此他再也不出海了。

摩比．迪克傳奇的事蹟越傳越多，人們逐漸認為牠具有不可思議的神力，迷信的人甚至認為，摩比．迪克無所不在，甚至同一時間會在兩個不同的地方出現，而「皮科德號」也開始流傳一個說法：那個可望而不可及的神秘噴水，其實是同一條巨鯨噴出來的，而那條巨鯨就是摩比．迪克，牠詭詐地引誘「皮科德號」中計，若這艘大船真的上當，窮追不捨，那條大鯨只要猛地回頭，就能讓這艘大船粉身碎骨。

「皮科德號」開始朝東往好望角駛去。

這幾天，不知打從哪兒飛來一大群烏鴉，在大船四周飛來飛去，每天早晨，牠們都棲息在大船的支索上，一副目中無人的樣子，即使船上的號角聲也拿牠們沒輒。

而亞哈船長也顯得異常沈鬱，他站在鏇孔的時間越來越長，經常一手緊抓護桅索，眼睛死瞪著上風，整天難得說上一句話。

一天晚上，斯達巴克到船長室去看晴雨計時，發現亞哈這個老頭兒僵直地坐在椅子上，他的雙眼緊閉，頭向後仰，手上緊握著燈籠，外套上還淌著雨水及未完全融化的雹粒，天啊！他已經疲乏得體力透支，卻還不願上吊鋪休息，斯達巴克更驚訝的發現，他緊閉雙眼的正前方，正是船長室的羅盤。

8 巨鯨出水的故事

非洲大陸最南端的好望角，可以說是海上交通的樞紐，往來於大西洋及印度洋的船隻，必定會經過此地。

「皮科德號」在這附近巡弋時，前方遠遠出現一片雪白的孤帆，這時伊斯梅爾正在桅頂上瞭望，當這艘名叫「信天翁號」的捕鯨船緩緩駛近時，他驚訝地發現，對方的桅頂瞭望人個個衣著破舊、綴滿補釘，而且長鬍飄動，他們神色憂愁地望著「皮科德號」的桅頂瞭望人，連一聲招呼都沒有。

這時，後甲板上傳來一陣叫嚷聲。

「你們有沒有看到白鯨？」亞哈船長急切地問道。

那個陌生船長才拿起號筒湊到嘴邊，還來不及說出一個字，號筒就跌落海中，儘管他費盡力氣在那頭大吼大叫，他的嗓門仍敵不過呼呼的狂風，亞哈船長急得直跺腳，但他也不敢冒著狂風放下小艇過去。

「信天翁號」繼續向前行駛，亞哈船長奔到上風的地方，拿著號筒大喊。

「喂，『信天翁號』啊，這是『皮科德號』，我們正在做為期三年的環球航行，現在我們要往太平洋去了，告訴他們，如果有我們的信，都寄到——」「信天翁號」駛了過去，圍游在「皮科德號」旁好幾天的小魚兒也循著那艘船的船跡游走了。

「你們不跟著我們啦？」亞哈船長瞪視著水面，眉宇間竟流露出些許無可奈何的悵惘。然後他轉過身，向舵手喊道：「轉舵向風，我們要環繞世界了。」

過了幾天，「皮科德號」又碰到另一艘回航的捕鯨船，它有個奇怪的名字「巨鯨出水號」。

兩艘船打過招呼後，對方很熱忱地邀請「皮科德號」的船員到他們船上去聯歡；通常兩艘捕鯨船在海上相遇後，都會友善地接觸一下，各船的水手相互訪問，兩位船長暫時同處一艘船上，兩位大副則在另一艘船上，大家不但可以互換捕鯨的消息，甚至對方船隻也可能帶來家鄉的信件或報紙。

「皮科德號」的水手們歡歡喜喜的登上「巨鯨出水號」，這艘船的水手大部分是玻里尼西亞人，大夥兒彼此熟識後，話題很快就轉到摩比．迪克上，這群水手似乎對這條白鯨非常熟悉。

「摩比．迪克？我們也是要去打這條白鯨呢！」

「啊，那真是一條凶殘、狡猾而惡毒的大鯨，『巨鯨出水號』以前就曾經遇過牠，這條白鯨是在很奇怪的時機出現，還咬死了一個人。」

「快把這個故事告訴我們吧！」水手們迫不及待地催促道。

「別急，別急，讓我慢慢說。『巨鯨出水號』是一艘南塔克特的捕鯨船，他們通常在太平洋巡弋，」玻里尼西亞籍的水手開始敘述這個故事——

有一天早晨，「巨鯨出水號」照例用泵浦抽水，可是從船艙抽出的水卻比平日多，大家分頭去找漏洞，但是沒有結果，由於船上的泵浦都是最好的，而且又定期抽水，只要大家勤勞一點，多幾個漏洞其實也無所謂，因此這艘船就這樣繼續航行。

後來漏洞越來越大，連船長也有些擔心了，於是他下令加速急駛，想要找一個最近的港口，把船隻徹底檢修一番。

船上的大副拉特奈也顯得極為擔心，他命令水手們扯好上帆，再用帆腳索扣住風帆，使它們儘量吃住風勢。

斯蒂爾奇脫與同伴們一起抽水時，就大開拉特奈的玩笑，說拉特奈之所以如此擔心，是因為他也是這艘船的股東之故。大夥兒繞著這個話題說笑，就在此時，拉特奈來了，可是玩笑並沒有停止。

拉特奈是那種無法忍受比他高一等的人，斯蒂爾奇脫在水手群中具有領導地位，水手們都聽他的指揮，拉特奈早就對他恨之入骨，只要找到機會，必定要消消他的氣焰，而斯蒂爾奇脫也知道拉特奈不喜歡他。

拉特奈聽到這夥人開他的玩笑，他雖然不高興，卻沒有講出來，只是大聲地咆哮道：

「你們眼睛全瞎啦！水積得那麼高，為什麼把泵浦停下來，快點繼續抽！」

「是，遵命，先生。」斯蒂爾奇脫雖然疲倦，卻爽快的答應了，「夥伴們，用點勁兒，繼續加油呀！」泵浦又嘎啦嘎啦地響起來。

最後，每位水手都筋疲力竭，坐在絞車上喘息，斯蒂爾奇脫更是臉孔泛紅，眼睛佈滿血絲，可是拉特奈並未饒過他。

「你——」他指著斯蒂爾奇脫，「把船板清掃一下，還有，再把這些豬糞鏟掉。」由於該船總是放任船上的牲畜東奔西跑，所以經常是滿地的污穢物。

斯蒂爾奇脫的臉更紅了，這個命令簡直就是侮辱他，他直盯著大副，聲音嘶啞而略帶不滿：

「這不是我份內的事，先生，這是清潔工的事，那三個清潔工成天什麼事也不做，為什麼你不找他們去做？」

「我叫你去做。」大副惡狠狠地說。

「不。」

「你竟敢反抗我的命令！」拉特奈吼道，隨手抄起一把木製的鎯頭，衝向斯蒂爾奇脫。

斯蒂爾奇脫迅速站起身，謹慎地向後退。「你不要逼我，我絕不幹這事。」

拉特奈緩緩地逼近。「你跑呀，快跑呀！」

兩人慢慢繞著絞車打圈子，斯蒂爾奇脫忽然站住了，對這個大副說：

「拉特奈先生，你這個命令我無法接受，請你放下鎯頭，否則你自己得當心了。」

「怎麼，你倒恐嚇起我來了。」大副陰狠狠地說著，還罵了一連串難聽的字眼。

「拉特奈先生，我再警告你，如果你膽敢拿那把鎯頭碰我的臉，我就揍死你！」斯蒂爾奇脫的忍耐已經到了極限。

但是拉特奈並未理會他，仍然手執鎯頭一步步逼近，鎯頭輕輕觸到斯蒂爾奇脫面頰的一剎那，他閃電般一拳揮過去，拉特奈應聲倒地，血水緩緩從他的嘴角滲出。

三個副手和四個魚叉手立即衝上來將斯蒂爾奇脫圍住，要把他逮到船長那兒究辦，圍觀的人越來越多，大家你推我擠看熱鬧，這時，他的兩個死黨從上方的繩索吊滑下來，想把他救到水手艙，就在眾人拉拉扯扯的當兒，船長手持魚槍奔過來，對他的高級船員嚷道：

「把他們全部抓到後甲板去。」

可是沒有人是那幾個人的對手，斯蒂爾奇脫和他的死黨們終於佔領了水手艙的甲板，幾個人合力將大桶子迅速滾到絞車邊排成一列，然後躲在後面。

「滾出來，你們這些強盜！」船長怒聲吼道：「全部給我滾出來！」

斯蒂爾奇脫跳上大桶，望著揮動魚槍、大聲咆哮的船長，冷靜地說：

「船長，千萬別激動，如果你打死我，就會釀成整艘船的暴動。」

船長非常厭惡這種恐嚇，但他也不敢輕舉妄動，他明白斯蒂爾奇脫的話多少有些是事實。

「現在立刻回去工作。」他晃晃那支魚槍。

「如果我們遵守命令回去工作，你是不是答應不再找我們的麻煩？」

「我說，回—去—工—作。」船長一個字一個字從齒縫裡迸出來。

「你答應不碰我們？」

「我不做任何承諾。」船長吼道：「你聽清楚，我叫你現在立刻回去工作，這時候你們不工作，難道想讓這艘船沈掉嗎？回去工作——」

「讓這艘船沈掉？好主意，我們為什麼不讓這艘船沈掉呢？」斯蒂爾奇脫說道：「除非你發誓不用繩索抽打我們，否則我們不回去工作。」他側頭詢問他的死黨：「你們贊成嗎？」

「贊成！」他們叫道。

斯蒂爾奇脫雙眼緊盯著船長，等著船長的決定，但船長一語不發，雙方之間的氣氛越來越僵，最後，斯蒂爾奇脫讓步了，他冷冷說道：

「這絕不是我們的錯，他不應該拿著那把鋤頭脅迫我，我已經警告過他了。船長，如果你答應不再追究這件事，我們馬上回去工作，但是你必須公平地對待我們，我們不願挨鞭子。」

「回去工作，聽到沒有，你沒有資格跟我談條件。」船長硬是不肯做出任何承諾。

「你聽清楚，船長，」斯蒂爾奇脱有些耐不住了：「我希望我們能夠和平相處，我不願有任何糾紛發生，我願意回去工作，但是我不願意挨鞭子。」

「回去工作！」船長又咆哮起來。

斯蒂爾奇脱的希望破滅了，他近乎絕望的說：

「好吧，船長，我坦白告訴你，除非你先攻擊我們，否則我們是不會動你一根汗毛，只要你答應不鞭打我們，要我們做任何事，我們都答應。」

「那好，統統給我滾到水手艙去，我要把你們全部關起來。」

「你們的意見如何？」斯蒂爾奇脱問他的死黨。

有人贊成，也有人反對，但是反對的人最後也心不甘情不願地跟著斯蒂爾奇脱走進這間昏暗的窩巢，自此這十個人就被鎖進不見天日、密不透風的艙內了。

他們每天的食物是幾片麵包和一些飲水，船長每天都會來問一次他們答不答應回去工作，開始時，這些人都大聲拒絕了，但是過了三天，有四個人受不了，

衝出水手艙，答應回去工作。這使得船長信心大增，對待其餘的人更加嚴苛，到了第五天，又有三個人願意回去工作，這時，只剩三個人待在水手艙中。

「怎樣，還是回去工作吧！」船長洋洋得意的嘲弄道。

「你還是把我們鎖起來吧！」斯蒂爾奇脫嚷道。

「很好。」鑰匙卡嗒一聲，腳步聲揚長而去。

那天晚上，這三個人便商議一個瘋狂的計畫，決定第二天早晨船長來時，每個人各持一把鋒利的刀子衝出去，從第一枝斜桅跑到船尾欄杆，見人就殺，然後佔領這艘船。

但是梯子很長，一次只能走一個人，究竟由誰領頭呢？這三個人開始爭執衝出去的順序，每個人都要第一個衝出去，斯蒂爾奇脫明確地表示他非第一個出去不可，這引起另外兩人的不滿。夜裡，那兩人等他一睡著，就合力綁住他，並用繩子塞住他的嘴巴，然後尖聲叫喚船長。

船長領了副手、魚叉手湧進水手艙，這兩人想邀功，功沒邀成，卻與斯蒂爾奇脫同時被拖上甲板，並排綁在後帆的索具裡。

「我真想狠狠抽你們一頓，你們這些惡棍。」憤怒的船長咬牙切齒道：「你們該被剝得稀爛，扔到油鍋內。」他一邊說著，一邊拿起一根繩索，拚命抽打這三個人，直到他們的頭垂到一邊，再也叫不出聲來。

他停下手，揉揉手腕，恨恨地說道：

「你們這些混蛋，我打你們打得手腕都扭傷了，但是，我是不會放過你們的，來人啊！把那傢伙嘴裡的東西拿出來，我倒要聽聽他還能嚷出什麼話來。」

斯蒂爾奇脫痛苦得臉頰都扭曲了，他掙扎半晌，才出聲說道：

「我希望你記住，凡是鞭笞我的人，必會得到報應。」

「嘎，你要說的就是這些，很好，我看你還能再恐嚇我嗎？」船長拉起繩索，準備揮過去。

「你最好別再打了。」斯蒂爾奇脫聲音沙啞而虛弱。

「我偏要打。」

斯蒂爾奇脫嘶啞的嗓子不知又說了些什麼，船長驀然一驚，倒退兩步，突然把手上的繩索扔下，嚷道：

「我不打了，把他放下來，隨他去吧！」

「如果船長不敢做，我倒願意試試。」船長轉過頭，身後站的竟是纏著繃帶的拉特奈，他自從吃了一拳後，就一直沒露過臉，此刻，他正彎腰拾起甲板上的繩索。

「你是個膽小鬼。」斯蒂爾奇脫不屑地說道。

「隨你怎麼說，反正你是逃不過我手上這玩意兒的。」大副揚起繩索，正要揮下去時，這個嘶啞的聲音又說了些什麼，拉特奈的肩膀頹然垂了下來，他也猶豫了，然而，他考慮到自己剛才說出口的話，拉不下這個臉，便不理會斯蒂爾奇脫的威脅，讓他吃了一頓鞭笞。

斯蒂爾奇脫被放回水手艙後，立刻恢復領導的地位，他不但安撫了那些水手，同時也得到他們的承諾，只要船一靠岸，全體一起開溜。他們還彼此約定，為使航程儘早結束，任何人發現巨鯨時都不要聲張。

船上的水手都知道拉特奈有個習慣，那就是他喜歡在夜晚坐在後甲板的舷壁上，將手臂倚吊在比船舷稍高的小艇舷邊，有時候他就這樣打起盹來，斯蒂爾奇脫當然也知道這件事，他算了一下時間，第三天凌晨就是他值掌舵的班，他要好好利用這次機會執行他的復仇計畫。

這天晚上，他開始仔細地編結一樣東西。

「你在做什麼呀？」一個水手問道。

「我還能做什麼？隨便弄弄罷了。」斯蒂爾奇脫隨口答道。

「看起來有點像是旅行袋的帶子，」那個水手側頭打量道：「嗯，又有點像繩子，只是有點怪異。」

「是怪異了點。」斯蒂爾奇脫並不多做解釋，他把編結的東西藏在身側，不想讓別人看得太清楚。「哎，麻線不夠了，你有嗎？能不能給我一點？」

「我沒有，水手艙裡也沒有了。」

「唔，那我得去向拉特奈討一點了。」他站起身，向船尾走去。

「你不會真的去跟他要吧？」另一個水手在他身後問道。

「我就是要去跟他要，我想他會好心地施捨我一點，對嗎？」斯蒂爾奇脫逕自走去，留下一群愕然的水手，在那兒面面相覷。

斯蒂爾奇脫把討來的麻線緊緊紮成一個像鐵球一般堅硬的東西，然後等待夜間的降臨，他要在拉特奈值夜班時下手，他要把拉特奈的腦袋砸得粉碎。

然而，他並沒有如願以償。

第二天早晨，一個嚇壞了的水手，忘了大夥之前說好看到大鯨也不通告的約定，突然瘋狂大叫起來：

「牠在那裡翻動了，牠在翻動啦！」

大夥兒衝到甲板上，每對目光都聚在那條平生所見最巨大的白鯨——摩比．迪克身上，牠在燦爛的陽光下，華麗一如蛋白石。

「白鯨——啊，白鯨！」

雖然傳説中的摩比．迪克是一條異常凶狠、惡毒的巨鯨，但此刻，從船長到魚叉手，每個人都躍躍欲試，急欲逮住這條白鯨。

大副的小艇領先衝出，不知是巧合還是天意，斯蒂爾奇脱正是這艘小艇的頭槳手，當拉特奈手執魚槍站在船頭時，斯蒂爾奇脱必須隨時注意放長或收短捕鯨索。

魚叉手擲出魚叉，很快把大鯨拴住了。

「划呀，用勁地划！」拉特奈站在艇頭，大聲喊道：「把我送到巨鯨的峰上。」

這正是斯蒂爾奇脱求之不得的事，他卯足全力划槳，小艇直衝上去，好像要躍入天際。

突然一陣晃動，小艇像是撞到什麼東西，砰地一聲巨響，整個翻了過來，站在艇頭的大副馬上摔出艇外，跌落在大鯨滑溜溜的背上，這時艇身又翻了回來，被浪濤沖到一邊，大副在大浪濤中奮力急游，想避開白鯨的視線，可是摩比．迪克嘩啦啦在水中來個大旋身，一口咬住拉特奈，得意地一仰身，便鑽入海中。

正當斯蒂爾奇脫在一旁觀看這一幕時，小艇突然被巨大的力量往下拖，原來繩索的另一端還接在摩比．迪克身上的魚叉上，他立刻抽出小刀切斷繩索，巨鯨就這樣被放走了。過了一會兒，摩比．迪克在不遠處浮了上來，嘴角還銜著一片大副的紅襯衫，四艘小艇正要追過去時，牠搖搖尾巴不見了。

「巨鯨出水號」終於駛到一個蠻荒偏僻的港口，除了幾個前桅瞭望人外，其他水手全跟著斯蒂爾奇脫開溜了，結果船上人手嚴重不足，僅剩的幾個人又須日夜輪流守著待修的大船，以免受到土人的攻擊，每個船員都搞得筋疲力盡，於是船長與高級船員商量後，決定到大溪地去找些人來充任水手。

小艇駛了幾天，前方突然出現一隻獨木舟，他們想避開，但獨木舟卻衝著他們而來，斯蒂爾奇脫嘹亮的聲音也傳過來：

「把小艇停下來，否則我會讓你們全部沈入海底。」

船長緊張地立刻掏出槍來，但是斯蒂爾奇脱毫不在乎，他冷冷説道：

「你最好放聰明點，如果你敢扣扳機，你會死得很慘。」

「你想幹什麼？」船長恐懼得大叫。

「告訴我，你要去哪裡，還有，你去那裡的目的是什麼？從實招來。」

「我要去大溪地找些人手，就是這樣。」

「很好，我到你那裡一趟，別急，老兄，我完全沒有惡意。」他説著，縱身躍入水中，游向小艇。

幾秒鐘後，斯蒂爾奇脱已經站在船長面前。

「下去，斯蒂爾奇脱，」船長喊道：「只要你馬上離開這艘小艇，我發誓我會把小艇停靠在那邊的小島上幾天，而且我也一定不再找人緝捕你，我讓你自由的離去，你也別為難我們。」

「好一個值得尊敬的人，」斯蒂爾奇脱笑了，「那麼再會了，船長。」他游回他的同伴那兒。

船長果真依言把小艇停靠在小島旁，斯蒂爾奇脱看著他把錨索縛在一棵樹幹後，才領著他的同夥逕自划向大溪地去。

途中，恰巧有兩艘法國船要開回法國，而且他們正缺水手，於是斯蒂爾奇脫一夥人全部上了法國船，成為法國船的水手。

法國船開航後大約十天左右，船長的那艘小艇才抵達大溪地，船長雇了幾個當地稍有航海經驗的人，「巨鯨出水號」才能繼續它的巡弋旅程。

「這是全部『巨鯨出水號』的故事，你們是不是覺得很不可思議？」那位玻里西尼亞籍的水手說道：「故事中最秘密的部分，連我們現在這位船長都不知道呢！」

自從聽過「巨鯨出水號」的故事後，那些原本對白鯨沒有特別興趣的「皮科德號」水手，現在個個如癡如狂，但大家彷彿很有默契，都能夠嚴守秘密，絕不洩露一點故事內容到主桅以外的地方。

9 史塔布的晚餐

在徐徐的微風中，「皮科德號」直向爪哇島的方向奔去，那三枝高聳入雲的桅桿，隨著風向緩緩擺動，好像熱帶平原上的棕櫚樹一般。

一天早晨，萬里無雲，在輕柔海風的吹拂下，連浪濤都懶得翻身，閃耀刺眼的陽光讓人幾乎睜不開雙眼，水手們開始打起盹兒來。

大個兒在主桅頂上，詫異地盯著遠處從海裡冒出的一大團象牙色東西，那個東西越冒越高，迎著陽光閃耀一陣後，又沈入海裡，過了一會兒，又冒了上來，那個東西看起來不像是鯨，然而會是摩比．迪克嗎？

「啊——」當那個象牙色的怪物又冒出水面時，大個兒尖聲叫嚷起來：「牠又出現了，快看呀！牠跳起來了，白鯨啊！」

水手們立刻衝到桁臂那邊，亞哈船長順著大個兒手指的方向望去，在匆匆瞥了一眼那團象牙色的東西後，就大聲下令：

「放下小艇。」

四艘小艇很快就被放了下去，由亞哈船長的小艇領銜，全速前進。但是那團
東西又沉入了海裡，水手們把槳打直，等待牠再度露面，過了一會兒，牠果然浮
出來了，一大團奶油色的形體，向四面八方伸出那粗壯且極富彈力的長手臂。
每個人的眼睛都直了，傻怔怔地望著這個怪物發出一陣稀奇古怪的吸吮聲
後，沉入水中。
「這是什麼玩意兒？」佛拉斯克好奇地問道。
「大烏賊！」斯達巴克面無表情的回答，「據說捕鯨船並不常看到這東西，
我也只是聽人提起過而已。」
亞哈船長一句話都沒說，默默地把小艇划回大船，其他三艘小艇也無聲地跟
了上去。
這真是伊斯梅爾畢生所見最大的海中生物，然而捕鯨人卻有種迷信，認為看
到這種罕見的龐然大物，是一種不祥的徵兆，但桂奎革並不這麼認為。
「只要看到這種大烏賊，」他把魚叉頭放在上艇頭上磨著，肯定的說：「很
快就會發現抹香鯨了。」
天氣一直很熱，印度洋上完全不見大鯨的蹤影，只偶爾會出現數量極少的小

鯨、海豚及飛魚，水手們無事可做，不是無精打采的在甲板上閒蕩，就是躲在一旁打盹兒。

伊斯梅爾在高高的桅頂上，懶洋洋地晃來晃去，但脖子上頂著的腦袋似乎越來越沈重，他瞥了一眼中桅頂和後桅頂的水手，發現他們也不約而同地點著頭。

就在伊斯梅爾昏昏欲睡的當兒，他突然瞥見眼底好像有泡沫在滾動，這一驚，讓他整個人清醒過來，他緊緊鉗住護桅索，同時伸長頸子，望見在海面不遠處，一條巨大的抹香鯨正逍遙自在地在海中翻來滾去，偶爾還噴出濛濛的水霧。

他正要呼叫時，船上幾十個嗓子已經分別自船頭、船尾同時呼叫了起來。

「放下小艇，搶風駛去！」亞哈船長大喊。

舵手還來不及掌住舵柄，亞哈船長即奔了過去，自己轉起舵柄，讓船背風。而那條大鯨彷彿聽到水手們的叫喊聲，但只見牠不慌不忙地旋開身子，大搖大擺地游到後面去了。

「不准用槳，也不許高聲說話，免得驚擾到大鯨。」亞哈船長特別叮嚀道。

水手們像是準備潛入敵軍陣營的先鋒部隊，每個人都是小心翼翼、快速而輕巧地蕩著槳過去，就在這時，大鯨的尾巴朝著天空用力揚起，隨即便潛入海中消失了。

「牠走了。」有人呼喊道。

史塔布點起他的煙斗，正準備好好享受一番時，那條大鯨又突然冒了出來，那個巨大的身軀就橫在史塔布的小艇前。史塔布掃了大鯨一眼，心想時機到了，反正大鯨現在已經看到他們，他們也不必像剛才一樣偷偷摸摸，唯恐發出聲響，於是他便下令水手開始划向大鯨，並在一旁喊道：

「夥伴們，用力划呀，不過別太急，慢慢划！」

「哦！荷！哎！呀！」塔斯蒂哥發出印第安人作戰時進攻的吶喊聲，小艇裡的槳手不由自主加快了槳，向前猛衝。

「哦——喝！哇——喝！」大個兒尖叫著應和，身子在座位上前俯後仰。

「加——拉！咕——嚕！」連桂奎革也跟著前面兩個人一搭一唱起來。

四艘小艇在幾位魚叉手的叫嚷聲及槳手們的努力下迅速前進，史塔布仍然坐在小艇前端吐著煙圈，並不時叫嚷著指揮這次的獵鯨行動。

「站起來，塔斯蒂哥，魚叉準備好，射出去！」魚叉擲出去了，他大聲向槳手喊道：

「向後倒划。」小艇立刻向後划去。

捕鯨索開始迅速打旋，閃出一絲絲藍焰，擦過史塔布的手腕時，他覺得一陣火辣，立刻將手縮回來，對著掌管小桶的水手喊道：

「把繩索打濕，快，把繩索打濕。」其實小桶就在他旁邊。

受傷的大鯨開始狂奔，捕鯨索也越拉越緊，小艇不斷地格格作響，好像隨時都有被拆散的可能，每一枝槳擺動得更迅速，每個人緊貼著座位，儘量壓低重心，以免被拖進滾滾的浪濤中。

「拉進來——拉進來！」史塔布對著前槳手叫道。

大夥兒開始合力朝大鯨的背峰上划去，小艇才接近大鯨，史塔布便敏捷地跪在繫纜枕上，拿著鋒利的魚槍一次次戳著大鯨，大鯨開始激烈的翻滾起來，小艇立刻火速後退，過了一會兒，再前進投槍。

海面漸漸被染成一片殷紅，那頭受創的巨獸在血泊裡掙扎，牠的噴水孔這時迸射出一陣陣白煙，翻滾的動作也緩慢了下來。大家都氣喘吁吁的，史塔布把鏢槍放在艇舷邊敲直，再給這頭大鯨補了幾槍。

「扳住——扳住！」他對前槳手叫道，「扳住——靠過去！」

小艇划到大鯨身側，史塔布手執長槍在牠身上撥弄一陣後，又猛戳了幾下，已逐漸陷入昏迷的大鯨再度瘋狂地打起水來，開始垂死的掙扎，唯恐受到殃及的小艇馬上退到一邊。

大鯨翻滾的速度越來越遲緩，但是呼嚕呼嚕的喘息聲卻越來越大，噴水孔急遽地一張一縮，最後，噴出一條滿是細碎塊的血柱，牠的心臟爆炸了。

「牠死了，史塔布先生。」大個兒說道。

「嗯。」史塔布從嘴裡拿下那枝沒有火星的煙斗，若有所思地盯著那條已失去生命的龐然大物，然後緩緩地把煙灰抖落在海面上。

水手們將小艇串連起來，就開始進行拖拉大鯨的工作，這個身軀沈重得有如裝滿生鉛的大船，將近二十個人手的力量，拖了一個鐘頭，才移動一小吋，大夥合力繼續奮鬥，直到傍晚才將牠拖到大船邊。

「皮科德號」的大桅索具上已經掛上三盞燈籠，亞哈船長手持一只燈籠站在舷牆邊，漠然地看了那條死鯨一眼，下了個例行性的命令：「記得把鯨縛好。」

他吩咐完畢，隨即把燈籠交給身旁的一名水手，然後頭也不回地向他的艙房走去。

這一切似乎都激不起亞哈船長太大的興趣，不管一條鯨有多大，能增加「皮科德號」幾桶鯨油，他都不關心，因為這些鯨到底不是摩比・迪克，對他偉大的復仇計畫沒有絲毫幫助。

沈重的鐵鏈自甲板拋了出去，大鯨很快便被縛在船側，鯨頭拴在船尾，鯨尾則拴在船頭。

與陰鬱的亞哈船長比起來，史塔布顯得高興多了，他面泛紅光，在甲板上蹦來跳去，掩不住勝利者的興奮神態。

「在我睡覺前，非吃一頓鯨排不可，大個兒，你下去幫我割片鯨肉來，我要腰部的肉。」就像多數南塔克特人一樣，史塔布對於抹香鯨的某些部位特別感興趣。近午夜時，鯨排烹煮好了，在兩盞抹香鯨油燈籠的照耀下，史塔布坐在絞盤邊開始他的燭光晚餐，而被鎖在船側的死鯨邊，也有一大群鯊魚正在巴嗒巴嗒地享受牠們的抹香鯨大餐。但是史塔布好像完全沒有注意到這些，他吃了幾口後突然停住了。

「廚子——廚子，那個弗里斯老頭兒跑到哪兒去了？」他叫了起來，把叉子往鯨排上一戳，「廚子，你給我出來，廚子——」

黑人老頭兒撐著那具火鉗，一瘸一拐地走出來，他非常不喜歡被人從舒適的吊鋪裡叫起來，他扳著臉走到史塔布面前，佝僂著背，彷彿在聆聽教誨。

「廚子呀！」史塔布自盤內插起一塊血淋淋的鯨肉送入嘴裡，「你不覺得這鯨排燒得老了一點，哎，你煮得太爛了，我不是說過，要把鯨排做好，就得燒得嫩些！你看看船邊那些鯊魚，每一隻都愛吃又生又嫩的肉排。」他忽然住了口，側耳傾聽幾秒鐘，「真是吵死人了！我說呢，我就不信會聽到自己吃東西發出的聲音。廚子，你去告訴牠們，牠們可以來吃，但是一定要保持肅靜，去吧，把我的話轉告牠們。喏，這只燈籠給你。」他拿下一只燈籠遞給黑老頭，「好好勸勸牠們。」

弗里斯一言不發地接過燈籠，繃著臉走到舷牆邊，他把燈籠往海面上一照，好像告訴那群鯊魚他來了，然後他一本正經地宣布：

「同胞們，我奉命來告訴你們，馬上停止那種粗魯的行為，你們聽清楚了嗎？吃東西時要放輕聲音，史塔布先生說，你們盡可以把你們那該死的肚皮撐破，但是嘴巴不要巴嗒巴嗒地響個不停。」

史塔布走過來，在他肩上狠狠捶了一下。

「廚子，你是怎麼搞的，不要那麼凶巴巴的，我不是叫你好好勸勸牠們嗎？」

「哼！你真煩人，你自己去跟牠們講。」廚子生氣了，轉身就要離去。

「喂，你還沒講完，你要繼續講下去。」史塔布一把抓住黑老頭。

弗里斯老頭瞪他一眼：「你要我怎麼講？是這樣嗎，親愛的同胞們——」

「這樣馬馬虎虎，」史塔布點點頭，道：「你繼續説下去。」

「我知道你們都是鯊魚，生性本來就貪心，你們都想多吃點東西，我們可以理解，但是你們這樣他媽的亂吵亂咬，我們聽了可不舒服……」

「廚子——」史塔布又叫了起來，「我不要聽這些咒罵，我要你斯斯文文的説話。」

弗里斯於是説道：「你們這些貪心的鯊魚們，大家別鬥了，你們任何一個對這條大鯨都沒有獨占權，所以你們不能阻止你們的同胞去吃，雖然你們之中有些頭部嵌著一張大嘴；但是有大嘴巴的，肚皮不一定大，你們注意，若是吃太多，當心消化不良。」

「説得好，廚子！」史塔布讚道，「繼續説下去。」

「哼，我看再説下去也沒用，」弗里斯非常不高興，「這些混帳傢伙根本沒有在聽我說話，還是你推我擠，搶著填飽肚子，史塔布先生，牠們是來大快朵頤，不是來聽你我演講的，只要牠們一吃完，就會回去睡大覺了。」

「沒錯，我也有同感。那就祝福牠們吧！」史塔布揮揮手，「我要去繼續我的晚餐了。」

史塔布才轉過身子，弗里斯就一掌擊在船舷上，對著鯊魚尖聲叫嚷：

「該死的同胞們，你們儘量瘋狂地吵吧，最好把你們那該死的肚皮全部撐破算了。」

「廚子，」史塔布拿起叉子，對弗里斯說道，「你就站在那兒，仔細聽我說話。」

「我洗耳恭聽。」弗里斯拄著火鉗，彎腰駝背地站在史塔布前方不遠處。

「很好，」史塔布一面嚼著鯨肉，一面說道：「我要問你有關肉排的事，首先，你告訴我，你年紀多大了？」

「這跟肉排有什麼關係？」弗里斯嘟囔著。

「你別多問，我要知道你年紀多大了？」

「九十歲左右吧，人家都是這麼說的。」弗里斯的臉色沉了下來。

「啊，你已經快活了一百年了，竟然還不知道如何燒好鯨排？」史塔布又放了一塊鯨肉到嘴裡，「你是在什麼地方出生的？」

「在開往羅阿諾克島的渡船艙口後面。」

「哼，原來你是出生在渡船上呀，真夠稀奇，但是，我想知道你究竟是在哪個地方出生的呢？」

「我剛才不是告訴過你，是在羅阿諾克那個地方嘛！」弗里斯老頭有點火了，他大聲叫道。

「啊，好吧，我就直截了當對你說好了。廚子，你還是快點去投胎，因為你連鯨排該怎麼燒都還不懂呢！」

「你少胡說八道了。」弗里斯怒道，拂袖急欲離去。

「等一下，廚子，你過來嚐嚐這塊鯨排。」史塔布拿過黑老頭的火鉗，夾了一塊鯨肉給他，「吃呀，你告訴我，鯨排是這樣燒的嗎？」

弗里斯嚼了一會兒，臉上的皺紋像打結似的，「太棒了，我從來沒有嚐過這麼美味可口的肉排。」

史塔布沒話可說了！然而他又端起架子，換了個話題。

「廚子，你信教嗎？」

「在開普敦的時候，上過一次教堂。」弗里斯的臉又拉了下來。

「你一輩子才上過一次教堂呀，那麼你一定是聽說那兒的牧師特別好，對嗎？」史塔布說，「你想到哪裡去，廚子？」

「我要回去睡覺了。」他說著，隨即轉過身子。

「慢著，你沒搞懂我的意思，」史塔布叫道，「我是說等你死後你想到哪裡去？你有沒有想過這個可怕的問題？」

「當這個黑老頭死的時候，他哪兒都不去。」弗里斯閉著眼，緩緩說道，「天使自己會來找他。」

「找他，怎麼個找法？用一輛四輪馬車，就像他們找伊利亞那樣？但是找他去哪裡呢？」

「去上邊呀！」弗里斯說著，把火鉗高舉在頭頂上。

「這麼說，你死的時候，是想上我們的大桅樓嘍？」史塔布斜睨著他，「弗里斯呀，你不知道嗎？越高的地方可是越寒冷呢！」

「我可沒說我要上桅樓去。」黑老頭生起氣來，臉又繃緊了。

「可是你剛才不是說要去上邊，還把火鉗往上指，哎，你以為你要去哪裡呀，難道你是想穿過大桅樓爬上天堂去？那是不可能的事哪！」史塔布搖搖手，「算了，廚子，我是想讓你知道，你做的鯨排有多糟，所以我只有趕快把它解決掉，免得留在這丟人現眼。記著，下回你再幫我燒鯨排時，只要拿著火紅的木炭烤它一下就行了，這樣你就不必擔心會把鯨肉燒得太老，明白了嗎？明天我們要切割這條鯨，你可以去拿些魚鰭放在泡汁裡浸，或把魚尾醃起來，好了，我說完了，你可以走啦！」

弗里斯老頭才走了幾步，又被喚住。

「喂，廚子，明晚值夜班時，我要炸肉片晚餐，聽清楚了嗎？你現在可以滾了！啊，還有，別忘了，明天早餐我要吃炸魚球。」

「真是囉嗦！」黑老頭邊走邊抱怨著，「我寧願大鯨把他吃了，也別讓他吃鯨。」

史塔布享受完鯨排大餐後，便到船尾去值班。這時桂奎革領著一名水手艙的水手來到甲板上，他們先在船舷掛上幾張切油用的小梯子，再放下三盞燈籠後，兩人即拿起捕鯨鏟，對準鯊魚的腦殼猛戳過去。

那群鯊魚立刻騷動起來，亂跳亂竄，死鯨旁邊頓時一片混亂，牠們不但惡毒地咬嚙著牠們的同伴，甚至還弓起身子自己咬自己，一時之間，死的死，傷的傷，大部分的鯊魚都肚破腸流，牠們張大嘴巴吞下的內臟，不一會兒又從裂開的傷口中流洩出來。

桂奎革拉起一條鯊魚，預備把牠放在甲板上處死後，剝下牠的皮，但就在這條鯊魚合攏那張滿口利齒的大嘴時，他的手差點被夾斷。

「這是什麼鬼鯊魚，」他大叫，「一定是該死的惡魔創造出來的。」

第二天開始進行切剖大鯨的工作，這是一項艱鉅而繁瑣的工作，必須結合全體船員的力量才能完成。

大鯨巨大的頭顱首先被斬了下來，掛在船側，然後才開始處理牠龐大的身軀。

兩架笨重的複滑車吊了起來，那根長長的纜索也被拉上絞車，複滑車底下的一只大滑轤被緩緩移到大鯨的上方，吊鯨脂用的大鉤慢慢垂下來。

斯達巴克和史塔布站在船邊掛著的軟梯上，手裡各執一柄長鏟，他們先在鯨魚上接近兩鰭的上方割出一個洞孔，再在洞孔旁邊畫上一道半圓形的紋路，然後桂奎革爬到大鯨背上，把那只大鉤搭在洞孔裡，這時擠在絞車邊的水手們便一面拉開嗓門合唱，一面絞起繩索。

船身開始劇烈震動，慢慢向大鯨那邊傾斜過去，一陣霹靂啪啦聲後，半圓形的鯨脂便被割了下來。

絞車繼續轉動，大鯨不斷地在水裡翻來滾去，可憐的桂奎革便在鯨背上掙扎，他的腰上綁著一條堅實的寬大帆布帶，上面繫著一條捕鯨業稱為「猴索」的繩索，繩索的另一端則綁在伊斯梅爾的狹皮帶上，伊斯梅爾必須非常小心抓緊那根繩索，免得桂奎革落入海中。

桂奎革的身子一半在鯨背上，一半浸在水裡，他既要隨時注意穩住身子，又要不斷用力踢開旁邊的鯊魚，有時他猛然一拉，伊斯梅爾都覺得自己好像要被扯到海裡去了。

塔斯蒂哥和大個兒站在船邊，很熱心地拿著鯨鏟幫忙桂奎革趕走鯊魚，這些鯊魚似乎一點兒也沒被前晚的大屠殺嚇到，仍是活蹦亂跳，伊斯梅爾在一旁擔心不已，誰曉得這兩個粗心的傢伙會不會把人腿當鯊魚戳下去呢！

工作持續進行著，兩架複滑車起起落落，鯨脂也一塊塊被整齊地剝了下來，在操作絞車的水手們的合唱聲中，巨鯨和絞車不停地抖動。將近中午時，大鯨身上有用的東西全被剝光，那堆白骨便被拋入海中，任其隨處漂流。

全身濕淋淋的桂奎革終於爬上錨鏈，此刻他已筋疲力盡，不但嘴唇發紫，連雙眼都佈滿血絲，在他翻過船舷時，身子還不由自主地顫抖著。侍應生滿懷關切地望著他，並遞上一杯薑湯。

就在這時，史塔布朝這方向走來。

「薑？我好像聞到薑的味道。」他掀了一下鼻翼，疑惑地自語道：「沒錯呀！就是薑，可是這裡怎麼會有薑呢？」他站住了，眼睛向四處搜尋一陣，看到那杯尚未被喝掉的薑湯，然後大步走到侍應生面前，平和的說：「你能不能告訴我，薑有什麼功效呢？為什麼你要拿這玩意兒給可憐的桂奎革喝？」

史塔布瞥見斯達巴克正從船頭離開，立即喊住他。

「斯達巴克先生，你來看一看那杯東西，桂奎革才從鯨背上下來，這個侍應生就想拿這毒東西給他喝，你說，他是不是居心不良，想謀害這個被淹得半死的魚叉手？」

「我看不會這樣吧！」斯達巴克冷靜地說道，「但這東西真的很糟。」

「就是嘛！」史塔布轉向侍應生，「我該好好教教你該拿什麼藥給魚叉手吃，你這個藥劑師實在太差勁了，你是想毒死我們，好謀奪我們的財產嗎？」

「當然不是！」侍應生委屈的叫嚷起來，「慈善姑媽特別吩咐過，不能給魚叉手喝酒，只能給他們喝薑湯。」

「薑湯？」史塔布不以為然的叫囂起來，「你這個混蛋，還不快去拿些好東西來，這是船長的命令，讓辛苦的魚叉手喝點淡酒吧。」

「好了，好了！」斯達巴克說道，「你別再責怪他了，你可以……」

「嘎，我責怪他？我才不會這麼做呢！我只是替魚叉手打抱不平。」他突然頓住了，「唔，你剛才想說什麼？」

「沒什麼，我想你最好跟他一起到艙房去，你要什麼就拿什麼吧！」

不久，史塔布回來了，一隻手拿著一個暗色的瓶子，另一隻手拿著茶葉罐，他把裝著烈酒的暗色瓶子遞給桂奎革後，就順手把茶葉罐拋入海裡。

10 意外

水手們吃午餐去了，甲板上頓時一片沉寂，「皮科德號」傾斜的那邊，一顆大頭顱獨自在水面上載浮載沉。

這當兒，亞哈船長由艙房走上後甲板，一眼就看到那顆大鯨頭，他走過去，瞪眼瞧了一會兒，便拿起史塔布的長鏟重重地敲了它一下。

「你這個又大又老的笨頭顱，你知道大海中發生的許許多多事情，為什麼不把你知道的所有秘密告訴我們呢？」他就這麼倚著長鏟發怔。

主桅頂突然傳來嘹亮的叫嚷聲。「前方有船來了！」

「啊，在這沉悶的時候有船來，真讓人高興啊！」亞哈船長精神一振，身子也挺直了，「船在哪裡？」

「在船頭右舷三個方位角的地方。」

那艘南塔克特捕鯨船「亞羅波安號」彷彿被風追趕似的，跑得飛快，「皮科德號」眼看是追不上了，於是立即打個信號過去，不久，那艘船便慢慢駛近，在

「皮科德號」後側不遠處放下一艘小艇。

斯達巴克下令放下船側的軟梯，以便對方的船長登上「皮科德號」。

「不用了，我們不上去。」曼修船長見狀，連連搖手，「前些日子我的船員曾感染嚴重的流行性傳染病，我可不想把這可怕的病毒帶到貴船。」

不但如此，這艘小艇還刻意與「皮科德號」保持適當的距離。當狂風把「皮科德號」吹向前時，他們立刻跟上來；偶爾這艘小艇被大浪撞了一下，歪向一邊時，他們也能很快使小艇恢復常態。

從那艘小艇駛近開始，史塔布的雙眼就沒離開過操槳的一名水手身上，那傢伙年紀很輕，身材矮小，亂亂的頭髮下有一張雀斑臉，他穿著一件猶太哲學家式的外衣，袖管高高捲起。

「就是他！」史塔布突然叫出來，「沒錯，他就是『巨鯨出水號』水手描述的那個膽小鬼。」

據說那傢伙的精神本來就不大正常，但是外表看不出來，有一天他突然跑到南塔克特，要求加入「亞羅波安號」捕鯨船擔任水手，人家看他斯文穩重，便雇用了他，誰知道船隻才出港沒多久，他的神經病就發作了，他自稱是加百利天使長、海洋的拯救者，拒絕服從船長的命令，工作也隨他高興才做，船長非常生氣，想把他辭掉，但他卻發表悚人聽聞的言論，宣稱他握有的印信和大碗，使他可以隨心所欲處置船隻及水手，一向頗為迷信的水手們被嚇壞了，紛紛向船長表示，如果加百利被辭掉，他們全體也不幹了，船長沒辦法，只好勉強讓他留下來，從此加百利更是為所欲為，完全不把船長和大副放在眼裡。正巧船上又發生傳染病，加百利揚言，這場「瘟疫」完全受他的控制，現在水手們對他可是信服得五體投地，連曼修船長都得讓他三分。

「我不怕你們的傳染病，」亞哈船長對在艇梢的曼修船長說，「你們上來吧！」

曼修船長還未開口，加百利就跳起來叫道：

「難道你不曉得這種傳染病會使人肝火上升，皮膚泛黃嗎？你要小心防範呀！」

「加百利，你不要……」曼修船長才開始講話，一陣浪濤打到小艇，小艇被推向一邊。

小艇慢慢盪回來，亞哈船長的上半身已傾到舷牆外。

「你們有沒有看到白鯨？」

「你最好記得那艘捕鯨小艇，船毀人亡哪！那可怕的巨獸是惹不得的。」加百利搶著回答。

「加百利，我再次警告你，那……」洶湧的浪濤又滾了過來，小艇直向前衝去。

在浪濤的襲擊下，那顆抹香鯨大頭顱不斷地晃來甩去，加百利驚懼地瞪視著它，人們發現，此刻他天使長的威風已蕩然無存。

浪濤稍稍歇止，小艇也划了回來，曼修船長開始敘述他們的遭遇。

「在我們離開南塔克特不久，船上就有人談起摩比．迪克的事了，加百利不斷警告我，千萬不能襲擊那條白鯨，因為牠是他震教的神。大約一兩年後，我們的船也發現摩比．迪克，大副麥塞馬上放下小艇去追牠，我並不反對他這麼做，可是加百利卻極力反對，麥塞不理會這個天使長的警告，帶著五名水手去追擊，這時加百利發狂似的爬到主桅頂上大吼大叫，聲言誰敢冒瀆侵犯他的神，就會受到嚴厲的懲罰。而大副麥塞站在艇頭等待時機擲槍時，一個巨大的白色身影突然從海裡竄出來，麥塞立即被拋向空中，然後摔落在五十碼外的海上，就這樣死了，奇怪的是，小艇和槳手們竟然絲毫沒有損傷。」當然這使得這個天使長在船上的聲望又提高了許多，而水手們從此再也不敢追擊那條巨鯨了。

「你還想去追擊那條白鯨嗎？」曼修船長問道。

「當然！」亞哈船長的語氣異常堅定。

「你想想看那個冒瀆神明的人，」加百利瞪視著亞哈船長，激動地大嚷，一手還用力向下指著，「他就死在這下面，你仔細想想他的下場。」

亞哈船長漠然地看了他一眼，便轉向曼修船長，說道：

「船長，我的信袋裡好像有給你船員的信，你等一下。」然後他吩咐大副把信取來。

過了幾分鐘，斯達巴克拿來一個既皺又潮濕，還長了綠黴的信封，交給亞哈船長。通常捕鯨船上都帶有交給友船的信件，有時對方在兩三年後才會收到，有時收信人永遠也收不到那封信。

「這是什麼字來著？」亞哈船長窮極目力，想辨認信封上纖細的字跡，「嗯，哈利．麥塞先生，『亞羅波安號』，噢，是給麥塞先生的，可是他已經死了呀！」

「哎呀，真是可憐的傢伙，那是他老婆給他的信哪！」曼修船長忍不住嘆口氣，「交給我好了。」

「不行。」加百利立刻反對，他對亞哈船長嚷道，「你自己留著吧，反正你也快步上他的後塵了。」

「閉上你的烏鴉嘴！」亞哈船長喊道，「曼修船長，我這就把信遞給你。」

斯達巴克已經把信夾在長鏟柄端的縫隙裡，亞哈船長拿起鏟柄向小艇伸過去，當長鏟快碰到小艇梢時，加百利突然伸出手抽下那封信，抄起小刀插穿那封信，然後連刀帶信一起擲向「皮科德號」，正好落在亞哈船長的腳邊，這時，只聽見加百利尖聲命令，那艘小艇迅速駛離。

「皮科德號」繼續行駛了一天一夜，來到一片小魚場，黃色的小魚兒一群群游著，這說明了附近有露脊鯨群。

捕鯨船一向不屑獵捕這種鯨，因為牠們不具商業價值，「皮科德號」也很少去注意這種鯨群，可是這天，水手們突然接到命令，說是如果有機會，最好當天就捕一條露脊鯨回來。

要露脊鯨嗎？那容易得很。史塔布和佛拉斯克馬上放下小艇，去追逐下風的噴水，兩艘小艇越划越快，轉眼就不見了蹤影。

等桅頂上的人再看到他們時，他們已栓到一條大鯨朝大船的方向回來了。大鯨繼續往前游，他們也不斷放長繩索，遠遠地跟著，在距大船約十多哩的地方，大鯨突然沈入水中。

「切斷！快切斷呀！」大船上的人見狀，著急地嚷道。

那兩艘小艇被巨浪打到一邊，彷彿要撞到船側，但他們很快穩住了，槳手卯足全力划起小艇來，繩索繼續放出，他們仍不放棄那條大鯨。

過了不久，大鯨冒上來了，但是速度明顯減慢，他們開始慢慢收回繩索，兩艘小艇也逐漸朝大船划近，然後史塔布和佛拉斯克的魚槍飛射而出，一次次猛烈地戳向大鯨，鮮血染紅了海面，立刻引來一群群餓狼似的鯊魚，每隻鯊魚都爭先恐後，搶著向前大口享用大鯨的鮮血。這條大鯨噴出異常大量的水，再痛苦的扭轉幾下，就斷氣了。

史塔布和佛拉斯克用繩索綁住鯨尾，準備把這龐大的軀體拖回大船邊。

「我真搞不懂，亞哈那老頭兒竟然會想要這麼個髒兮兮的東西。」史塔布碰觸到那露脊鯨的頭顱，就覺得厭惡不已，忍不住抱怨起來。

「難道你沒有聽説過，如果一艘船的右舷掛有抹香鯨的頭顱，那它的左舷也必須掛上露脊鯨的頭顱，這樣那艘船就不會翻過來了。」

「真的嗎？這樣就不會翻過來了？」史塔布覺得很不可思議，疑惑地問道。

「我也不確定，我是聽費達拉這麼説的，那傢伙挺邪門兒的，他好像懂得一點船上的法術什麼的，有時我想，哪一天他的法術搞不好會把咱們的船弄沉，我可不喜歡他。」佛拉斯克忽然神秘兮兮，壓低嗓門説道：「史塔布，你有沒有注意到那傢伙暴出的門牙，好像連蛇頭都啃得動。」

「你少來了，佛拉斯克，我連正眼都沒瞧過他一次。要是哪天他在舷牆邊被我撞見，而旁邊正好又沒人的話，我會把他扔下去。」他指指海裡，繼續説道，「我一定會這麼做，他就像是惡魔的化身，你從沒看過他那根細長的辮子吧！因為他總是把它盤捲起來，藏在口袋裡，讓人沒法瞧。啊，我想起來了，他還有個奇怪的習慣，喜歡把棉絮塞到靴子的前端。」

「你怎麼知道，他不都是穿著靴子睡覺嗎？我有天晚上看到他躺在一堆索具裡。」佛拉斯克説道。

「這就對了，就是那根辮子，他要把辮子盤在索具中間的孔眼裡。」史塔布自言自語道。

「不曉得老頭兒為什麼會搭上這傢伙？」佛拉斯克把繩索綁在艇頭。

「也許他們之間有什麼交易吧！」

「交易！」佛拉斯克叫嚷起來，「你是指哪方向的交易？」

「你也知道，佛拉斯克，老頭兒一心想捉到那條白鯨，那個惡魔就趁機拐騙他，搞不好是要他的銀錶，甚至靈魂，還是其他東西，一旦他到手後，就會去投降摩比．迪克。」

「史塔布，你在開玩笑。」佛拉斯克睜大雙眼，緩緩説道，「費達拉怎麼會做出這種事？」

「這我怎麼知道，但我告訴你，那傢伙絕對不是什麼好東西，好了，向前划吧！趕快把鯨拖回去。」史塔布急著結束這個話題，但是佛拉斯克對費達拉實在太好奇了。

「史塔布，你想費達拉有多大年紀了？」

「喏，你看到那幾根主桅了嗎？你把『皮科德號』上所有的鯨骨圈全綁在上面也抵不上費達拉的歲數。」

「你太誇張了，史塔布，你剛才不是說，只要逮著機會，你會把費達拉拋進海裡嗎？如果他真有那麼大把歲數，又能長生不死的話，你就是把他扔進海裡也沒用。」

「無論如何，也要讓他好好玩玩水。」

「可是他還是會游回來呀！」

「我會再讓他回去。」

「如果他也想讓你玩水呢？」佛拉斯克到底心思比較細密。

「他敢，我會讓他鼻青臉腫，見不得人。」史塔布大聲說道。

佛拉斯克點點頭，不再說話，小艇繼續朝大船行駛，過了一會兒，他才又問道：「史塔布，你認為費達拉是想要拐騙亞哈船長嗎？」

「哼，你很快就會知道了，從現在開始，我會好好盯著他，如果他想幹什麼壞事，我就掐住他的脖子，叫他少玩花樣，如果他想大吵大鬧，我會把那根辮子從他口袋裡拉出來，然後把它扯斷，等他看到自己的怪異模樣，一定會嚇得落荒而逃。」

「你要那根辮子幹嘛？」

「幹嘛？」史塔布怪叫起來，「拿回南塔克特市場當牛鞭賣了，還能幹嘛！」

「你說這話是什麼意思？」

「管他什麼東西，」史塔布吁了一口氣，「總算回到船邊了。」

船上的人大聲招呼這兩艘小艇，要他們把大鯨拖到左邊，因為鐵鏈及其他工具都已準備妥當了。

「我不是告訴過你，你很快就可以看到露脊鯨頭和抹香鯨頭對望了。」佛拉斯克得意的告訴史塔布。

「皮科德號」本來偏向一邊，自從另一邊掛上露脊鯨的大頭顱後，終於得以平衡，但這艘船也被壓得喘不過氣來了。如果「皮科德號」會說話，此刻它一定會大呼要把這兩個大笨頭全甩到海裡，使它能夠輕快地巡弋。

終於到了處理大鯨頭的日子。

塔斯蒂哥身手矯健地爬上大桅桁臂，把隨身攜帶的小滑車綁在桁臂下後，隨即將繩子甩向甲板，甲板上的水手接到繩子，便緊緊抓住，然後他用雙手快速輪換，敏捷地順著桁臂的另一端降到大鯨頭上，下面的人立即遞上來一把短柄鏟，他仔細地在鯨頭上選定位置後，就切割下去。

這時，一個綁在繩子上的小桶經由小滑車吊到他旁邊，塔斯蒂哥接住小桶，把它放進鯨魚的頭顱內，滾滾的鯨腦很快就注滿了小桶，他打個招呼，掌管小滑車的水手便拉緊繩子，小桶緩緩上升，水手們小心翼翼地將小桶內的液體倒進一只大桶內，再把小桶吊下去，由塔斯蒂哥把它放進鯨魚頭顱內。

如此反覆進行了幾次，芬芳的鯨腦已裝了十八、九桶，塔斯蒂哥高興之餘，便有些得意忘形，突然他腳下一個滑溜，又來不及抓緊複滑車上的大纜，整個人就這麼跌進大鯨頭顱的深洞裡。

「啊，他掉下去了！」大個兒張大嘴巴，高聲叫嚷起來，「快把桶子甩到這邊來。」他要去救塔斯蒂哥。

大夥兒這才回過神來，把桶子盪到他前面，他一腳跨進去，手才搭到那滑溜溜的小滑車，整個人即騰空上去，拉滑車的人卯足了勁兒，他很快就升到鯨頭上方，這時，那個差不多被掏空的鯨頭在水面猛地跳動，又讓眾人吃了一驚。

大個兒站上鯨頭後，便把小滑車放掉，小滑車盪過去撞到大複滑車，發出「卡啦」一聲，吊著鯨頭的兩只大鉤頓時鬆掉一隻，鯨頭倏地歪向一側，每個人都被那個搖搖晃晃的大頭顱嚇傻了眼。

「下來，快點下來！」水手們對大個兒喊道。

可是大個兒仍緊緊抓著大複滑車，以免萬一鯨頭落入海裡，他也不至於跟著跌下去。然後他開始準備營救塔斯蒂哥，他先把糾纏的繩子理順，隨即將小桶塞進鯨魚頭顱內，他希望塔斯蒂哥能夠抓到這個小桶，這樣他就可以把他吊出來。

「喂，你以為你在幹嘛？」史塔布嚷道，「你把桶子壓在他頭頂上，你叫他怎麼出來？拜託，你快住手，別搞了。」

「趕快避開複滑車！」船上的水手們驚呼。

幾乎是同時，鯨頭轟的一聲落入海中，濺起一大片水花，塔斯蒂哥也跟著沈入海裡了，而大個兒正抓著複滑車盪來盪去，像個空中飛人似的，一會兒盪到大夥兒頭頂上，一會兒又盪到水面上。

想到可憐的塔斯蒂哥，大夥只能在心中為他祈禱了。忽然，一個身影迅速翻過船舷，縱身躍入水中，勇敢的桂奎革已經潛入水中去救人了，每對眼睛都緊盯著越來越小的漣漪上看，漣漪消失了好久，海面上仍然沒有動靜。有幾個水手往船邊的小艇靠近，準備給予必要的協助。

「哈！哈！」在空中搖來盪去的大個兒忽然大笑起來，一隻手臂還指向海面，「兩個，啊，有兩個哪！」

茫茫的海面上果然有一雙臂膀在揮動，桂奎革一手抓著塔斯蒂哥的頭髮費力的游著，小艇立刻划了過去，把這兩個人救上甲板。這兩個人經過幾天的休養後才逐漸恢復了元氣。

前方遠遠駛來一艘船，竟然是德國捕鯨船，這實在是非常難得的事，因為這個曾經叱吒海上的捕鯨民族，如今已沒落了。這艘「陽春號」急欲向「皮科德號」表示友好，與「皮科德號」還隔著一大段距離，就把船停下，放下小艇過來了。

「咦，狄爾船長手裡拿著什麼東西呀？」斯達巴克望著站在船頭的狄爾船長，奇怪的問道，「一只燈油壺？不可能吧！」

「不是燈油壺，是一隻咖啡壺，他要請我們喝咖啡呢！」史塔布說道，「你看到他旁邊那只大鐵罐嗎？那裡面裝的就是開水。」

「去你的，你想得真美！」佛拉斯克叫道，「那是一只燈油壺和一只油罐子，他八成沒油了，來跟我們討油。」

狄爾船長很快登上甲板，亞哈船長只是禮貌性地跟他打聲招呼，彼此談了幾句，他就知道這個德國船長連白鯨是什麼都不知道，聰明的狄爾船長見情況不對立刻轉變話題，談到他們缺油的事。「我們從布萊梅出發到今天，別說大鯨，就連一條飛魚也沒捉到，現在油料全用完了，害得我晚上不得不摸黑上床睡覺。」

那艘船真是名符其實的空船。

亞哈船長本來就不喜歡和陌生人，尤其是沒見過白鯨的人打交道，既然這個德國人只是想來討些油裝滿他的燈油壺和油罐子，他就滿足他的需要，早早把他打發掉。

狄爾船長回到他的小艇，向「陽春號」划去，小艇才划了一小段距離，兩艘大船的桅頂瞭望人幾乎同時發出發現巨鯨的叫喊，狄爾船長來不及把燈油壺和油罐子送回大船，就急忙調頭去追那條巨鯨，三艘德國小艇隨即跟上，當「皮科德號」的小艇放下時，那些德國小艇早已不見了蹤影。

下風地方的鯨群發現敵人追來時，立刻緊靠在一起，加快速度游走。在牠們後面十呎的地方，跟著一條巨大的老鯨，牠游水的速度非常緩慢，事實上，以牠那副沉重的身軀，想游快也不大可能，何況牠好像還生著病，噴出的水既短又慢，而前面鯨群不斷打出的水浪更阻礙了牠，牠幾乎是一邊喘著氣一邊游水的。

不久，「皮科德號」的小艇都注意到這條老邁的巨鯨，牠不但游得很慢，而

且東搖西晃，游得非常不穩。

「怎麼有這樣的游法，我可是第一次見到，好像沒有舵的船。」史塔布說。

原來這條巨鯨的右鰭缺了一半，而牠又急著想擺脫敵人的追逐，所以，奮力急游的結果，益發顯得無法平衡，好像喝醉了酒一樣。「皮科德號」小艇的水手看出牠的弱點後，立刻信心大增。

「嗨，老朋友，我來嘍！」佛拉斯克嚷道，「給你送吊索來啦，讓你把殘臂吊住。」

「你自己小心點，別讓牠用吊索把你吊住就好了。」斯達巴克叫道，「夥伴們，快划呀！別讓那些德國人搶先了。」

兩艘船放下的小艇都在爭奪這條巨鯨，這時「皮科德號」的三艘小艇已經超越德國小艇，緊追在狄爾船長小艇的後面，狄爾船長得意極了，他似乎非常自信一定可以逮住那條巨鯨，所以不時拿起他的油罐子對著「皮科德號」的小艇晃晃，嘴角露出嘲弄的微笑。

「真是忘恩負義的傢伙，他竟然用我們施捨給他的油罐來嘲笑我們。」斯達巴克怒道，然後轉向他的水手，「快划呀！夥伴們，別讓那條巨鯨跑掉了。」

「夥伴們，你們聽我說，」史塔布叫道，「我的信仰是最文明的，但是我現在真想把那個日耳曼人給活吞了，你們聽清楚，我們絕不能被那個日耳曼惡棍打敗，大家拿出力氣來，最賣力的人，我會賞他一大桶白蘭地，啊，小艇怎麼不動了？各位，用力划呀！」

「你們看，那些泡泡！」佛拉斯克一邊跳上跳下，一邊叫道，「哇，好大的背峰，足足有一百桶油，一定值好多錢哪，夥伴們，用力划！我們不要放過牠，快把小艇衝到那條大鯨背上去吧！」

狄爾船長抓著他的油罐子和燈油壺前後晃動著，好像要朝著「皮科德號」的小艇甩過去，不管他是企圖使勁敵的速度減慢，還是想增加自己小艇的衝力，總之，這個動作已經激怒了「皮科德號」小艇上的水手。

三艘小艇向前疾衝，緊緊追著狄爾船長的小艇，雙方小艇間的距離越拉越近，狄爾船長自知居於優勢，一點也不把那三艘小艇放在眼裡，就在這時，他小艇上的一名槳手不小心把槳滑入水裡，一陣混亂中，小艇幾乎翻覆，狄爾船長氣瘋了，把那名水手痛罵一頓，「皮科德號」三艘小艇趁機追了上來，這會兒，四艘小艇可謂勢均力敵了。

那條老邁的巨鯨一面噴著水，一面搖搖晃晃地逃離，只見牠一會兒偏左游，一會兒偏右游；牠有張大嘴，卻發不出聲音，只能從噴水孔噴出牠的悶氣，或拍擊牠的大尾巴，以表示牠的憤怒。

四艘小艇都對巨鯨虎視眈眈，狄爾船長眼見大勢不妙，若不再加把勁兒，大好的機會可要平白拱手讓人了，於是他當下決定冒險試試長程擲槍。然而他的魚叉手才站起身，「皮科德號」的三個魚叉手立刻跳起來，三支魚叉迅速從狄爾船長魚叉手的頭上呼嘯而過，插進巨鯨身上。巨鯨受到攻擊，立刻向前狂奔，三艘小艇也被拖著跑，無法控制地擦撞到狄爾船長的小艇，狄爾船長和那個魚叉手同時跌進海裡。

當史塔布的小艇從他們身邊飛馳而過時，他輕快地高聲嚷道：「別怕，我的牛油盒子，我保證馬上就會有人來救你們了，那些鯊魚同胞們呀，牠們最喜歡救助落水的人了。哇，真是過癮！我好像正乘著一輛四輪馬車在平原上奔馳哪！」

巨鯨疾游了一陣，忽然停下來喘息，然後又迅速地沈入海裡，捕鯨索立刻放了出去，但是小艇的水手們不敢放得太快，唯恐一下子放完，於是大夥兒決定輪流抓住繩索，三根繩索逐漸拉直，插在巨鯨身上銳利的倒鉤便會一直拉扯著牠，當牠受不了痛苦時，就會浮出水面，不過若巨鯨不顧一切地往下沈，艇梢也將因此而朝天翹起，非常危險，還好巨鯨這時已經停止下潛了。

「拉起來，快！牠開始往上冒了。」斯達巴克發現繩索跳動時，立即叫道。

繩索迅速被收進艇內，巨鯨在不遠處的海面上冒了出來，很明顯地，牠此刻已全身乏力了，三艘小艇奔馳過去，魚叉、魚槍對準那巨大的身軀戳了又戳，血水慢慢染紅海面，那個噴水孔不斷噴出可怖的霧氣，然後牠倒在血泊中翻滾、喘氣，無助地拍擊著殘鰭，慢慢地，翻滾變成蠕動，最後終於靜止不動了。

「皮科德號」緩緩朝這方向駛來，但是那碩大的軀體已經開始下沈，斯達巴克馬上下令用繩索把牠縛住，等大船駛近時，巨鯨就被移到船側，用最堅固的錨爪緊緊掐住牠，牠無論如何是溜不掉了。

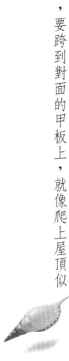

在處理巨鯨時，這個軀體好像越來越沉重，使得「皮科德號」斜向一邊，但是斯達巴克仍不死心，堅持繼續這樣下去，為了不使這艘船翻覆，他勉為其難下令放掉巨鯨，然而，縛著錨爪和繩索的圓木此刻已不能動彈，現在是想放也放不掉了。

巨鯨持續下沉，大船也越來越傾斜，要跨到對面的甲板上，就像爬上屋頂似的困難，水手們搬出木艇和鐵撬，想把錨爪撬下來，結果也是白費力氣。

「大家注意，抓牢一點呀，別怕船會下沉！」史塔布大聲嚷道，「這樣下去真的不行，我們得想想其他法子，我看乾脆把繩索切斷算了。」

「啊，這好辦！」桂奎革抓起一柄大斧頭，隨意磨了兩下，就朝錨爪亂砍一通，一陣火花飛散，繩索斷了，巨鯨立刻沉了下去，船身也即刻恢復平衡。

對「皮科德號」的水手而言，這真是白忙一場。

桅頂又傳來呼叫聲，「『陽春號』放下小艇啦！他們要去追脊鰭鯨群了。」

脊鰭鯨游水的速度非常快，一般捕鯨船根本追不上，也不會傻到去追，但牠的噴水與抹香鯨的噴水極為相似，差勁的捕鯨人沒法分辨，常常放下小艇去追那個永遠追不到的希望，看來狄爾船長和他的水手們將會有個難忘的回憶。

11 龍涎香

「皮科德號」駛近麻六甲海峽，進入終年炎熱的東印度群島海域，亞哈船長準備經由爪哇海北上，橫過那些據說到處都有大抹香鯨出沒的海洋，再越過菲律賓群島到達日本海，以便及時趕上那兒的捕鯨季節。

在爪哇海的西岸，巽他海峽附近，都有捕過許多抹香鯨的紀錄，因此當「皮科德號」進入這個海域時，桅頂瞭望人都接到嚴密注意噴水的命令。

「皮科德號」順風疾駛，眼看就要進峽了，卻仍然未曾發現噴水，就在大家快要放棄希望的當兒，桅頂忽然發出一陣歡呼，一大群抹香鯨在正午的陽光下向空中迸射出一陣陣閃亮的水霧。

所有的篷帆都被扯起，開始進行追擊，大夥兒興奮的想到，也許摩比・迪克就藏在那一大群大鯨裡，魚叉手也握著魚叉，站在吊在船邊的小艇上高聲歡呼。副帆不斷增加，大船衝得更快，繼續朝鯨群奔去。

就在此時，塔斯蒂哥發現不遠的地方，有許多大大小小的白點在那兒不停的晃蕩。

「那是什麼東西呀？」他指著那些白點問道，可是沒有人知道。

亞哈船長拿起望遠鏡瞧了一下，待看清那些白點後，發現事態不妙了，他連忙轉身大叫：「馬來人追過來了，快爬上去，裝上小滑車，用水桶潑濕篷帆。」

大船馬上加速駛去，開始跟那批馬來海盜玩起貓捉老鼠的遊戲，這一帶海域迂迴曲折，正是舵手大顯身手的好機會，那些海盜很快就被遠遠拋在後面，這時，「皮科德號」才能專心地圍捕那群大鯨。

那群大鯨見情況不對，便緊密的靠在一起，飛速朝前方游去。經過一陣激烈的追擊，情況一片混亂，雖然扣住了幾條大鯨，但卻全被牠們脫逃了，最後只捉到唯一的一條，這似乎更能印證捕鯨業中流傳的一個說法：鯨越多，捉得越少。

「皮科德號」繼續在海上航行了兩三個星期。

正午的陽光直射在甲板上，海面上煙靄濛濛，暖熱的海風使人昏昏欲睡，「皮科德號」甲板上許多敏銳的鼻子忽然嗅到一股特殊且難聞的氣味。

「哼，我敢說，這附近一定有幾天前被我們扣住的大鯨。」史塔布大聲說道，「我猜牠們很快就會翻上來。」

大約過了一個時辰，海面上的煙靄漸漸飄散，距「皮科德號」不遠處，停著一艘船，由那艘船斜桁尖頂上掛著的船旗判斷，那是一艘法國船。

那艘法國船的上半部被雕塑成一棵枯萎的大樹幹，且全部被漆成綠色，到處還凸出一些古銅色穗狀花，她有個氣味芬芳的名字——「玫瑰蕊號」，可是現在，整艘船都瀰漫著惡臭，原來船邊拖著一條氣味難聞的死鯨，一群兀鷹繞著那條死鯨打轉，不時猛撲過去，很顯然地，那是捕鯨人所謂的「瘟鯨」。

「皮科德號」繼續往前行，與「玫瑰蕊號」越來越接近，船上的人這才發現那艘法國船邊還有第二條鯨，而這條鯨的氣味比那條瘟鯨更臭氣衝天，兩條死鯨都是乾癟癟的毫無油氣。

「哼，好傢伙，專門幹這種事。」史塔布站在船頭上，赫然發現其中一條鯨尾巴上纏繞的亂七八糟的繩索中，還留著他那把剖鯨鏟的木柄，於是他嘲諷地大笑起來，「我很清楚這些笨頭笨腦的法國佬，他們是捕鯨界裡的一些可憐蟲，這些人連浪花和噴水都分不清，有時竟然放下小艇去追趕浪花，還把它當成是抹香鯨的噴水呢！正因為如此，每次他們出航前，船艙裡必定要先準備許多箱牛油蠟燭，因為他們有自知之明，知道他們能夠弄到的鯨油還不夠他們船長的油燈用。

真是一群可憐的傢伙，把我們拋棄的廢物當成寶；咱們還是行行好，送他們一點油吧！」

史塔布才闔上嘴巴，忽然又想到，那裡或許還有一種比鯨油更值錢的東西——龍涎香，於是念頭一轉，自語道：「不曉得這次我們的老頭可曾想到這點，嗯，這倒是值得一試，我去跟他說說看。」說著，便逕自向後甲板走去。

附近幾碼內都籠罩在一片難聞的氣味中，除非立刻刮起一陣風，否則「皮科德號」是避不開這氣味了。

沒人知道史塔布跟亞哈船長說了什麼，他一走出船長室，就召集了他的水手，小艇很快被放下去，迅速朝法國船「玫瑰蕊號」划去。

「好一朵木頭的玫瑰蕊，」他用手掩著鼻子說道，「外表看起來挺不錯的，只是那氣味呀……」

史塔布想要跟甲板上的人直接對話，因此必須繞過船頭，划到右舷，但這麼一來，他跟那條死鯨就靠得更近了。

他掩住鼻子，向甲板上大喊：「喂，你們那裡有沒有人會講英語？」

「我會。」舷牆邊的人答道，原來他是「玫瑰蕊號」的大副。

「很好，那我問你，玫瑰蕊的人哪，你們有沒有看到白鯨？」

「什麼鯨？」

「白鯨——」史塔布大聲喊道，「是一種抹香鯨，也就是摩比．迪克，你們看到牠了嗎？」

「白鯨？沒有呀，」法國大副側頭想了一下，「從來沒聽過這種鯨。」

「那就算了，再見，我待會兒再來拜訪你們。」

他們迅速將小艇划回「皮科德號」，亞哈船長已經倚在後甲板的欄杆邊等候回音。史塔布把雙手圈成筒狀放在嘴邊，叫道：「沒有，船長，他們沒有見過白鯨。」

亞哈船長聽過報告，面無表情的走開了，於是史塔布又划回法國船去。

這時，「玫瑰蕊號」的大副正鑽進錨鏈裡，手中揮著一把砍鯨鏟，鼻子上還罩著一隻袋子。

「喂，你的鼻子怎麼了嗎？」史塔布側頭看了一眼，「撞破啦？」

「我寧願是撞破了，或根本沒有這個鼻子還痛快一點。」那個法國大副悶聲答道，看情形他非常嫌惡這件差事，「那你為什麼把鼻子捏住呢？」

「嘎，沒什麼，這是一個假鼻子，我得把它捏緊，免得它被風吹歪。」史塔布打著哈哈，「今天天氣還不錯嘛，對嗎？海風中傳來陣陣花香味，嗨，玫瑰蕊，擲一束花下來給我們吧！」

「你到底想幹什麼？」法國大副聽了史塔布莫名其妙的話，不禁怒火上升，憤怒地吼道。

「冷靜點，別激動。」史塔布不疾不徐地說道，「既然你不喜歡處理這兩條鯨，為什麼不乾脆把牠們扔到海裡去呢？可是依我看，你若想從這種鯨身上擠出油來，那是白費力氣，你瞧瞧牠們乾癟癟的樣子，全身上下連一滴油也擠不出來。」

法國大副攤開手，無可奈何的說：「這個我很清楚，可是我的船長不相信呀，這是他第一次出海航行，以前他專做科隆香水。」他頓了一下，若有所思地盯著史塔布，突然叫起來，「他不相信我說的話，搞不好他會相信你的話，也許能讓你試試去說服他，嘿，要是能成功，我就可以擺脫這件討厭的差事了。」於是他熱烈邀請史塔布上船。

這正合史塔布的意思，他愉快地說道：

「親愛的朋友，我非常樂意拜訪貴船。」然後，他敏捷地攀上甲板。

甲板上有許多戴著紅絨線流蘇帽的水手，他們正在牽弄兩只笨重的複滑車，準備吊起那兩條鯨，只是每個人都懶洋洋的，說得比做得多，隔些時候總有兩三個人丟下工作，奔到主桅頂去深深呼吸一下新鮮空氣；有些人則拚命吸著煙，好讓煙氣填滿鼻管，遮去那要命的臭氣；更有些人怕染上瘟疫，把棉絮浸在煤焦油裡，不時湊到鼻子上嗅嗅。

史塔布與法國大副談了一會兒，他立刻看出這個大副非常不滿意他的船長，認為他是一個不學無術，又狂妄自大的傢伙，把他們大夥兒全弄進這麼一個又臭又無利可圖的苦境中。史塔布仔細觀察，他發現這個法國大副並不曉得關於龍涎香的事，於是他索性閉口不提，並表現得坦白而誠懇。

兩人很快擬出一個計謀，準備讓那個船長主動放掉死鯨，也就是由法國大副擔任翻譯，表面上他是在轉述史塔布的話，實際上卻是藉機表達自己的意見，在整個談話過程中，史塔布是高興說什麼就說什麼，就算亂扯一通也無所謂。

「玫瑰蕊號」的船長是個身材矮小、皮膚黝黑的人，蓄有短髭，又有鬍鬚，穿著一件紅色絨布背心，腰間還邋著一串錶墜。法國大副很客氣地為他們彼此介紹，然後立即得意地擺出一副翻譯員的姿態。

「我該先對他說些什麼呢？」法國大副問史塔布。

「嗯，讓我想想看。」史塔布盯著那件紅絨背心和亮晶晶的懷錶及錶墜，說道：「你就這麼對他說，我並不想論斷任何人，但是在我看來，他就像是一個無知的傢伙。」

「他說，先生，」法國大副用法語對他的上司說：「他那艘船昨天才聽到消息，有一艘小船，因為船邊拖著一條瘟鯨，結果害得船長、大副和六個水手都發寒熱症死了。」

「嘎，」法國船長嚇了一跳，他急切的問道：「真的有這麼可怕的事？只拖著一條瘟鯨，就死了那麼多人。」

「現在還要說些什麼呢？」法國大副再問史塔布。

「唔，既然他這麼快就上鉤了，那麼再告訴他，我已經把他看透了，我確定他絕不是當捕鯨船船長的料子，他只不過是一隻聖地牙哥的猴子罷了，事實上，你告訴他，我說他是一隻狒狒。」

法國大副轉頭對他的船長說：「先生，他說他敢對天發誓，我們這艘船拖著的兩條鯨都有問題，而那條死鯨比另外那條瘟鯨更可怕，真的，先生，他一再勸告我們，如果我們愛惜自己生命的話，就應該離開這兩條鯨遠遠的。」

法國船長的臉色頓時凝重起來，他沉思半晌，就匆匆奔到前面，以洪亮的聲音命令他的水手，停止升起那只砍鯨的複滑車，並要他們馬上切斷所有綁鯨的繩索、纜鏈。

船長轉身回來，法國大副又問史塔布：「接下去還要說些什麼？」

「嗯，好。現在你就坦白對他說，他上當了，而且，」史塔布的聲音低得像在自言自語，「或許上當的還不止他一人呢。」

「他說，先生，他能為我們效勞，使他感到十分榮幸。」

聽到這句話，船長立刻謙虛的表示，該感激的應該是他們，他並邀請史塔布到船長室去喝一杯。

「他要請你喝酒。」那個翻譯員告訴史塔布。

「啊，我真是感激不盡哪！」史塔布說道，「還是請你轉告他，跟一個被我騙了的傻瓜喝酒，有違我的原則。現在，我要走了。」

「他說，先生，他是從來不喝酒的。」法國大副告訴他的上司，「但是，如果先生想讓自己活得久一點，以便能夠喝更多的酒，最好趕快把全部的小艇放下去，把那兩條鯨拖離這艘船，因為這個時候海面上風平浪靜，牠們絕對不可能漂開的。」

史塔布不再理會這兩個法國人，他逕自走向船舷，翻身躍入他的小艇，對於這個不知情的法國大副贈送的厚禮，他為了表示感謝，因此主動助他們一臂之力，也就是用自己小艇的繩索，協助法國船把卸下的死鯨拉開。

「玫瑰蕊號」的幾艘小艇在完成任務後，便由大船吊回去，然後匆匆駛去。

「皮科德號」緩緩朝著那艘法國船和棄鯨的中間駛過來，史塔布急忙划過去招呼「皮科德號」，將他的計畫告知船上的人，然後迅速划回那條漂浮的鯨屍邊，抓起那把銳利的鯨鏟，就開始在鯨鰭後側剷起來，他專心一意的樣子，活像在海底挖掘寶藏。而小艇上的水手們也卯足全勁，協助他們的艇長，神情有如淘金人般的急切。

一大群兀鷹一直在他們頭頂上盤旋尖叫，啄來鬥去，奇臭無比的氣味也越來越濃，連史塔布都快憋不住了，他的臉上逐漸顯出失望的神色，就在這個時候，突然一股香氣微洩而出，一種黃灰色，氣味異常馥郁芬芳的液體流出來，像極了芳醇斑斕的陳年乳酪。

「我弄到了，我弄到了！」史塔布喜形於色地大喊起來。

他扔掉鏟子，開始興高采烈地收集價值昂貴的龍涎香，他已經抓了六大把了，當他還要繼續工作的當兒，亞哈船長不耐煩的聲音從「皮科德號」飄過來。

「史塔布，你們還在那裡幹什麼？要是你們再不上船，我們就要跟你們說再會了。」

史塔布依依不捨地停止他的挖寶工作，領著他的水手回到大船。

這次史塔布採集龍涎香的工作可謂收穫豐碩，唯一的缺憾便是他的後槳手不小心扭傷了手，在一時找不到合適水手補充的情況下，小黑人畢普被選上暫時接替這個職務。

畢普心地溫厚、聰明伶俐，有他種族那種特有的可愛、親切、活潑開朗的特質，可惜卻是個膽小的傢伙。他從沒有下過小艇，每次船上的水手隨著小艇去追擊大鯨時，他總是留在船上當看船人。

他第一次跟著史塔布下艇時，便顯得驚慌無比，幸好沒遇到大鯨，所以他的表現尚可，史塔布看出他的恐懼，就耐心的鼓勵他，要他儘量拿出勇氣。

可是當畢普第二次下艇時，即發生狀況。當史塔布的小艇划近大鯨時，魚叉、魚槍紛紛飛射出去，大鯨遭到襲擊後，像往常一樣亂滾亂跳，這次正好跳在畢普的座位底下，這個小黑人簡直嚇壞了，他緊抓著木槳猛然從小艇跳出去，結果被跳動的捕鯨索擊中胸口，在他翻身滾落時，又被捕鯨索纏住，這時，受傷的大鯨開始狂奔，捕鯨索立刻扯直，畢普就這樣被拖到小艇的另一邊，頸脖間纏了好幾圈的捕鯨索，奄奄一息。

塔斯蒂哥站在船頭，正卯足全力對付那條大鯨，看見畢普這個情況真令他氣惱！他從刀鞘裡抽出船刀，將刀鋒抵在捕鯨索上，轉頭問史塔布：「要切斷嗎？」

史塔布望著畢普那張因窒息而泛青的臉孔，好像在哀哀懇求：「看在上帝的份上，快切斷吧！」於是他一咬牙，大聲吼道：

「該死的東西，切斷繩索吧！」

失去了大鯨，救回了畢普，這個來自阿拉巴馬州的小黑人神志才剛恢復，立刻被水手們罵得半死，等大家都罵完了，史塔布才開始教訓他。

「我不是告訴過你，在任何情況下，沒有我的命令都不要離開小艇，你為什麼總是忘記？你聽清楚，下回你再跳下去，我就不饒你嘍，你得明白，我們不能為了你一個人而白白犧牲一條大鯨，一條大鯨在阿拉巴馬那地方賣起來，身價可比你高出三十倍呢！畢普，你一定要牢牢記住，絕對不能再跳出小艇了。」

雖然史塔布苦口婆心地勸告畢普好半天，然而，畢普又跳出去了。

那天，天空蔚藍而綺麗，閃耀的海洋平靜無波，三艘小艇全放了下去，史塔布的小艇一馬當先，射中獵物後，就專心追逐那條被戳傷的大鯨，當他發現畢普又跳離小艇時，畢普已被遠遠甩在後頭，在浪濤中掙扎，他心想，反正後面還有兩艘小艇，他們會想辦法撈起畢普，於是他不再調轉艇頭，而與水手們全神貫注在那條大鯨身上。

偏偏後面的兩艘小艇也沒有注意到畢普，他們原本尾隨著史塔布的小艇，但是側方突然出現獵物，這兩艘小艇立即轉身去追擊，結果畢普一直在水中載浮載沉，最後被「皮科德號」救起。

自此以後，畢普就變得瘋瘋癲癲，成天在甲板上漫無目的的走來走去，大家都認為，大海讓畢普有形的身體浮了起來，卻淹死了他無形的靈魂。

這天，亞哈船長像往常一樣，在後甲板上、羅盤盒及主桅間來回踱步，當他走到主桅前面時，彷彿被磁石吸住，一動也不動地站在那兒直盯著釘在上面的金幣，臉上煥發出不是滿懷希望，就是充滿狂想的神色，全船的人都看到他這種不尋常的舉動。

「仙女的指尖從來沒搆著這塊金幣，可是這會兒，魔爪一定在上面留下痕跡了。」斯達巴克倚在舷牆邊，暗自嘀咕。雖然他每天都從主桅邊來來去去不下百次，但他從未仔細看過那塊金幣，當亞哈船長回到船艙後，他便走過去看看。

「瞧那兩張臉，」站在煉油間旁邊的史塔布，看到亞哈船長和斯達巴克的一舉一動，自言自語道，「在看過那塊金幣後，都拉得足足有三十六呎長。要是我在黑人山或柯拉爾岬發現這玩意兒的話，我會毫不猶豫，看也不看就把它花掉。」

史塔布在以往無數次航行中，見過的金幣不下十餘種，但此刻，他也忍不住過去瞧瞧。

過了一會兒，史塔布離去後，佛拉斯克也好奇地踱到主桅邊，他墊起腳尖，脖子伸得老長。

「我什麼也看不到，只看到一塊金子做成的圓圓的東西，而誰能發現一條鯨，這塊圓東西就歸誰。這東西一個值十六塊錢，如果兩分錢一支雪茄，就可以買九百六十支雪茄。」他在心中盤算著，似乎有些心動。「我不喜歡像史塔布一樣抽那種髒兮兮的煙斗，我喜歡雪茄，如果給我九百六十支雪茄，我佛拉斯克馬上就從這裡爬到上面去把大鯨給找出來。」

畢普又搖搖晃晃地跑上甲板，口中不斷嘰嘰咕咕重複著同樣的字句。

「我瞧，你瞧，他瞧；我們瞧，你們瞧，他們瞧。」

「我敢說，他正在研究文法呢，可憐的傢伙，他在努力增進知識。」

「我瞧，你瞧，他瞧；我們瞧，你們瞧，他們瞧。」

「啊，他又在唸了。」

「我，你，他；我們，你們，他們，大家都是蝙蝠，只有我是烏鴉，哇！哇！哇！稻草人在哪裡？啊，原來它就在那裡……」

「我還是快快走開，再聽這白癡小黑人亂嚷，我可真要上吊了。」

12 亞哈船長的新腿

「皮科德號」後側出現一艘打著英國旗幟的捕鯨船，亞哈船長看清楚那艘「山姆．英德比號」後，就拿起號筒放在嘴邊。

「喂，有沒有看到白鯨？」

「山姆．英德比號」的船長此刻正輕輕鬆鬆地靠在他的船頭上，打量著亞哈船長的那隻牙骨腿，他的年紀約莫六十，身體結實，皮膚黝黑，面容和藹而端正，穿著一件寬大的短外套，圍著一條飾有纓穗的藍粗呢氈子，外套的一隻袖子空蕩蕩的隨風飄展。

「有沒有看到白鯨？」亞哈船長又問了一遍。

「你看到這玩意兒了嗎？」英國船長並不直接回答亞哈船長的問話，卻把藏在氈子底下的手臂拉出來，高高舉起那隻末端鑲有一段繩子似的木頭，用抹香鯨骨做成的白手臂。

「把我的小艇準備好。」亞哈船長急躁地叫道，一面翻動身旁的木槳。「準備下水。」

不到一分鐘，他就連人帶著小艇和水手都被放到海裡，划到那艘英國船旁。

可是，就在這當兒，出現了一個令人非常尷尬的場面，原來亞哈船長因一時興奮，竟忘了自從他失去一條腿後，除了他自己的船以外，他在海上還從未登上過其他的船，而且從那時起，他都是藉著「皮科德號」上特有的輔助工具上船，而這些工具是無法在極短的時間內裝配到任何一艘船上。在茫茫大海上，除非是那些時時刻刻都在攀上攀下的捕鯨人，任何人想要從一艘小艇攀上大船，都不是一件容易的事，因為海上波濤洶湧，小艇一會兒被巨浪推得老高，直衝上舷牆，一會兒又被甩下，直甩到龍骨下面。

此刻，缺了一條腿的亞哈船長才頹然地發現自己是如此束手無策，他又氣又惱，偏偏不知情的英國水手還站在那隻釘在繫纜枕的直梯邊，神氣地把那副相當別緻的舷門索朝他甩去，他幾乎要冒火，難道這些英國人竟會笨得不知道一個獨腿的人是無法攀上那個海上扶梯嗎？

尷尬的場面僵持了約一分鐘，英國船長立刻察覺狀況有異，連忙喊道：

「不要這樣上來，快，夥伴們，把那只大複滑車蕩過來。」

恰巧在前一天，這艘英國船拖過一條巨鯨，所以大複滑車還高高地掛在那兒，已經清洗得乾乾淨淨的大掛鉤，也還掛在複滑車上。

英國水手迅速將這只大鉤子搖到亞哈船長面前，亞哈船長立刻會意，他把那隻獨腿搭到彎鉤裡，滑車索搖得很快，不久他已被送進高高的舷牆，緩緩地在絞盤頂上落下。

英國船長走過來，豪邁地向前甩出他的骨臂，以示歡迎，亞哈船長卻伸出他的牙骨腿，與骨臂交叉起來，高聲説道：

「嗨，老朋友，讓我倆來握握骨吧！一隻手跟一隻腳，你知道嗎？這是一隻永遠縮不回來的手，和一隻永遠不會奔跑的腿。你是在什麼地方遇見白鯨的？有多久了？」

「白鯨——」英國船長用那隻骨手指向東方，眼色悲涼地隨著手臂望去，好像當它是望遠鏡似的。「就在上一季，我在赤道看過牠。」

「就是牠把你這隻手臂弄成這樣的，是嗎？」亞哈船長問道，並把手搭在英國船長的肩膀上，緩緩地從絞盤上滑下來。

「是呀，至少牠就是禍因。」英國船長盯著亞哈船長的牙骨腿。「那麼你這條腿呢，也是一樣嗎？」

「告訴我究竟是怎麼一回事？」亞哈船長已經迫不及待想要知道整件事情的始末緣由。

英國船長的視線飄向遠處，彷彿陷入回憶中，過了好一會兒才開始說道：

「我生平第一次在赤道上巡弋，那時，壓根兒不知道什麼白鯨。哼！有一天，我們放下小艇去追擊四、五條鯨群，當時我那艘小艇已經栓住其中的一條，牠真像從馬戲團裡訓練出來的馬，兜來轉去盡在打旋，弄得我小艇裡的那些水手只能屁股搭著外舷邊跟著牠轉，過了一會兒，海底竟然蹦出一條大鯨，乳白色的腦袋和背峰，臉上全是皺紋。」

「就是牠，就是牠！」亞哈船長沈不住氣，突然叫道。

「靠牠右鰭的地方，還插著幾支魚叉頭。」

「啊，沒錯，那些都是我的……我的魚叉頭呀！」亞哈船長高興地叫道：

「後來呢？」

「別急，讓我慢慢告訴你。」英國船長和藹地說：「這條有著白腦袋和白背峰的惡魔，泡沫飛濺地奔進了魚群，開始惡狠狠地咬起我的捕鯨索了。」

「嘎，啊！想咬斷繩索，想放掉那條有主鯨，老把戲，我很清楚牠。」

「牠究竟想幹什麼，我不清楚。」這個獨臂船長繼續說道：「可是在牠咬繩索的時候，不知怎的，繩索絆住牠的牙齒，把它拉住了，當時我們並不知道，還一味的拉繩子，結果砰地一衝，我們全都撲跌到牠的背峰上去，而其他那些鯨趁機全跑掉了。看到這種情況，又看到是這麼一條了不起的大鯨，老兄，這是我這輩子所見過最漂亮、最龐大的傢伙，因此我決定要捉住牠，不管牠看起來火氣有多麼大。我怕那條危險的繩索會脫落，或是絆住牠牙齒的那根繩索會被甩脫，我就跳進我大副的小艇裡，順手抓起第一支魚叉，給這個大海怪嚐一嚐。可是，老天，你知道嗎？才一眨眼的工夫，我的眼睛全給那陣墨黑色的泡沫搞得昏天暗地，像瞎了一般，巨鯨的尾巴從泡沫裡豎起，筆直地聳入天際，活像一座大理石尖塔，這時即使再向後退也沒有用了，當我正在摸索的時候，忽然看到正午的太陽，像皇冠上的珠寶一樣耀眼閃亮。在我投出第二支魚叉後又在摸索的當兒，那尾巴從下面甩了上來，把我的小艇一下劈成兩段，牠白色的背峰朝破艇一衝，我們全都摔了出去，為了逃避那可怕的攻擊，我就死命地抓住插在牠身上的那支魚叉柄，牠像一隻小魚似的被我緊緊扳住了一會兒，可是一陣浪花卻把我沖開，這時，那隻巨鯨向前猛地衝去，閃電般地潛入海中。那支第二次投出去的該死魚叉鉤就在我旁邊蕩著，把我這地方鉤住了。」他的手對著自己肩膀下端拍了一下，繼續說道：「當時我心想，我這就要去見海龍王了，可是，感謝老天，那魚叉鉤忽然順著皮肉直畫下來，順著整條臂膀下來，直畫到我的手肘，於是，我浮起來了——其他的事兒，那位先生會說給你聽，他是我的船醫龐格先生。」

龐格先生很有禮貌地向亞哈船長一鞠躬，他有一張圓臉，看起來有些嚴肅，身著一件褪色的藍絨外衣，及一條綴有補釘的長褲，怎麼看也不像船上的官員。當獨臂船長在敘述遭遇白鯨的經過時，他一直站在旁邊，一會兒望望手裡的解索針，一會兒又望望另一隻手裡的藥丸盒，偶爾也頗富興味地瞟一眼兩個殘廢船長的骨製手腳。

「來吧，龐格老兄，把你那部分的故事說一說吧。」獨臂船長催促他道。

「那真是一個非常嚇人的傷口，」龐格船醫開始說道：「不過，這位布默船長接受了我的勸告後，把我們的『老山米』駛到……」

「『老山米』是我們對這艘船的暱稱。」布默船長插嘴對亞哈船長說。「說下去吧，朋友。」

「把我們的『老山米』向北駛去，以便駛出赤道上那炙熱的天氣。可是沒有用，雖然我竭盡全力徹夜陪著他，在飲食方面也對他十分嚴格……」

「呵，真的是十分嚴格！」布默船長附和了一聲後，又突然變換聲調說：「他每天晚上陪著我一塊兒喝檸檬威士忌甜酒，直喝得他兩眼模糊，無法替我上繃帶，才把我送上床，那時已經將近清晨三點鐘了。老天，他可真是盡忠職守，對我的食物也十分嚴格，龐格醫生真是一個了不起的守夜人。不過，說下去吧，朋友，我倒寧願讓你治死，也不肯讓人救活。」

「先生，」那個沈著而一本正經的船醫向亞哈船長微微欠個身，說道：「你一定早就看出我們的船長是個非常有趣的人，他總有說不完的趣事。但是，我要特別聲明，我本人絕對是滴酒不沾，我從來不喝……」

「水！」布默船長叫道：「他從來不喝水，水會讓他發病的，淡水會引發他的恐水症，啊，說下去吧，繼續把手臂的故事說完吧。」

「好的，」龐格船醫沈靜的說：「我還是回到剛才布默船長引人發笑之前的談話，先生，我當時幾乎已經看出來了，儘管我非常盡心盡力，可是那傷口的情況卻越來越糟，事實上，那個難看的裂口確是一般醫生從未見過的，大約有兩呎多長，而且已經開始發黑了，我知道一定得截肢，否則布默船長會有生命危險，但是我又沒有辦法去做那隻骨手，因為那不合乎常理。」他用解索針指著那隻骨手。「那是船長的工作，不是我的工作，他命令木匠幫他做，還裝上一把木鎚子，依我看，那是用來打爛人家腦袋的，他就讓我嚐過一次，你看到這個凸疤嗎，先生？」龐格船醫摘下帽子，把頭髮掠到一邊，腦殼上露出一個碗口大的洞，然而卻一點也看不出疤痕或任何足以顯示受過傷的痕跡。「嗯，這件事的經過，船長會說給你聽，他很明白。」

「不，我不知道。」布默船長急忙否認。「不過，我想他母親一定知道，他生來就有這個洞洞。你真是個大流氓，龐格，在水鄉裡還能找到第二個像你這樣的龐格嗎？龐格，你將來死的時候，一定是死在泡菜汁裡，你這個狗東西，應該把你永遠醃漬起來，傳給後代才好，你這個惡棍。」

一旁的亞哈船長對這兩個英國人東拉西扯的談話早已不耐煩，他的眉毛緊緊糾結起來。

「白鯨後來怎樣了？」亞哈船長問道。

「嗄？」那個獨臂的布默船長這才發覺自己岔離了話題，「啊，對！牠一潛進水裡後，我們就再也看不到牠了。事實上，我當時根本不曉得這個對我耍了奸計的究竟是什麼鯨，直到後來，回到赤道線上去的時候，我們才聽到有關摩比・迪克的傳說，這才知道原來那就是牠。」

「你還有再去追擊牠嗎？」

「追了兩次。」

「沒有栓住牠嗎？」

「不想再試了，弄掉一隻臂膀還不夠嗎？再弄掉一隻，叫我怎麼辦哪！」英國船長搖搖頭。「其實，我認為摩比・迪克咬人還不算厲害，吞人才可怕。」

「嗄，那麼，」龐格打岔道，「不妨伸出你的左手去引誘牠，看牠會不會來咬你。你們知道嗎？兩位先生，」他莊重而嚴肅地向兩位船長先後鞠躬說道：「造物者是多麼巧妙地給巨鯨造出一副消化器官，使牠連一隻手臂也無法馬上消化掉，而巨鯨對此也有自知之明，所以你們所謂白鯨的惡毒，只不過是牠的笨拙而已，因為牠從來就沒有興起要吞下一隻手臂的念頭，牠只想虛張聲勢嚇唬人罷了！這使我想到從前我在錫蘭碰到的那個魔術家病人，他總是假裝會吞小刀子，有一次，他當真吞下一把小刀，結果一藏就藏了一年多，當時我讓他吃下一劑催吐藥，他就一小塊一小塊地把刀吐出來，你們想想看，他怎麼可能消化那把小刀，這不是他身體組織所能夠承受得了的。唔，布默船長，如果你完全了解那頭白鯨，而且為了想要得到光榮而不惜再弄掉一隻手臂，那就不妨試試，好在手臂是你自己的，頂多只不過是讓大鯨有機會再接近你一下而已。」

「不，多謝了，龐格。」獨臂船長很快回答：「我當時根本毫無辦法，而且也不認識牠，所以那隻手臂只好任牠處置，但再來一下可不行啦！我再也不敢領教了，我已經放下小艇追擊過牠一次，夠讓我心滿意足的了。我知道殺掉牠是可以得到莫大的光榮，何況牠身上還滿載著名貴的抹香鯨腦呢！可是，還是少碰牠為妙。」他的目光飄向那隻牙骨腿，「我說得對嗎？亞哈船長？」

「嗯。」亞哈船長含糊的應了一聲，說道：「但是，無論如何還是得去追擊牠，什麼叫做少碰牠為妙？那隻該死的東西不是沒有誘惑力的，牠是一塊大磁石！」他轉向布默船長，「距離你上次看到牠後，到現在有多久了？牠是朝哪個方向去的？」

「願上帝保佑我，天殺那醜惡的魔王！」龐格叫道，他佝著身子在亞哈船長身旁轉來轉去，像條狗似的嗅著，「這個人的血液呀，真是到達沸點了，他的脈搏跳得連船板都在震動啦！」他從口袋裡掏出一支刺胳針，放到亞哈船長的胳膊上。

「住手！」亞哈船長怒吼著，把他推到舷牆邊，「準備小艇！那隻白鯨是朝哪個方向去的？」

「老天，怎麼啦？」布默船長驚訝的叫道，「牠是朝東去的，我想——」他轉向費達拉，悄聲說道：「你的船長瘋啦！」

費達拉輕輕地把一隻手指放在唇下，然後悄悄滑過舷牆，拿起小艇的舵槳，這時，亞哈船長把那複滑車搖到他面前，要船上的水手把他放下去。

一會兒後，亞哈船長已站在小艇梢，水手們全都拚命地扳著槳，英國船長在「山姆．英德比號」上熱情的向他揮別，可是對方毫無反應。亞哈船長背向著那艘英國船，筆直地站立著，臉上露出堅毅的表情，就像他本人一樣充滿決心，直到小艇靠近「皮科德號」。

這次亞哈船長拜訪英國船「山姆．英德比號」，無論上船或下船，都是藉助複滑車，在降落小艇時由於太過匆忙，使得他的骨腿受到劇烈的震動，稍後他攀上「皮科德號」的甲板，把牙骨腿插進鏇孔，對舵手下達緊急命令時，又把腳猛地一轉，結果，原本就已被震傷的牙骨腿，又再度受到扭傷。儘管它的外表看起來完好如初，而且還頗為靈活，但是亞哈船長卻不太放心。

雖然亞哈船長的個性異常剛烈，而且粗心大意，但他對那鑲著牙骨的半腿，卻是時時刻刻小心注意，尤其是在那次意外事件以後。事情發生在「皮科德號」離開南塔克特之前的某天晚上，亞哈船長被人發現倒臥在地上不省人事，而他那隻牙骨腿則嚴重地脫節，幾乎戳進他的大腿窩裡去，這個棘手的傷口，費了好大的勁兒才完全治癒，這就是為什麼在「皮科德號」開航前後的那段日子，都見不到亞哈船長的緣故，他把自己隱藏起來，與外界隔絕，就像置身在大理石雕的元老院圖裡。

亞哈船長很快召來了木匠師傅，吩咐他即刻動手做一隻新的骨腿，他並指示大副協助木匠，把自航行以來囤集的各種大小抹香鯨牙骨材料全部搬出來，好讓木匠仔細挑選出質地最堅固、磨得最光亮的牙骨。

材料挑選妥當後，亞哈船長又下令把收藏於艙內的熔爐吊出來，同時，為了早日完成這項工作，他還命令鐵匠立刻開始打造各種備用的大小零件。

「皮科德號」上的這位木匠，特別擅長在這樣一般需要三、四年航程，遍歷許多蠻荒而遼闊的海洋的大船上，應付不斷發生、不勝枚舉的種種變故，除了修理破艇、爛桁，改造槳葉笨拙的式樣，嵌裝甲板上的牛眼窗，在舷板上安裝新木釘及其他許多與他本行有關的零碎事務外，不論日常事務或突發事件，他都能迅速處理。

一根索栓子太大了，不容易插進栓洞，木匠就把它壓進他常備的老虎鉗裡，馬上把它銼小；一隻稀有的陸上禽鳥迷路飛到船上來，被人捉住，木匠就用刨得光亮無比的細露脊鯨骨，及大樑似的抹香鯨骨，幫牠做一個鴿棚似的籠子；有位槳手扭傷了手腕，木匠就替他配製一種擦洗用的藥水；史塔布想把所有的槳葉都漆上朱紅色的星形標誌，木匠就把每一枝槳都鏇在他那隻木頭的大老虎鉗裡，然後勻稱地漆上星星；一名水手偶爾想戴鯊魚齒的耳環，木匠就替他在耳上鑽孔；又一名水手鬧牙疼，木匠就拿出鉗子，為他做手術，可是手術還沒有完成，那可憐的傢伙已經不由自主地蜷縮起身子，好像在說如果木匠要替他拔牙齒，就必須把他的下巴夾在老虎鉗裡。

這位木匠的職業可以說是集古往今來各式有關手藝之大成，他對一切都顯得毫不在乎，事實上，牙齒對他而言，只不過是一小塊骨頭，而腦袋也只是一塊頂木，至於人呢？他淡然地把他看成是一隻絞盤。

老虎鉗砧子，是木匠處理那些形形色色事務的唯一大場所，那是一張粗笨的長桌子，上面有幾把大小不同的老虎鉗，有鐵鑄的，也有木製的。除非船邊拖著大鯨，否則這個砧子永遠是打橫緊綁在煉油間的後邊。

夜晚，木匠獨自站在老虎鉗砧子前，藉著兩盞燈籠的亮光，全力銼平那塊做義肢用的牙骨，這塊骨頭已被牢牢地嵌在老虎鉗裡，砧子到處是一片片骨頭、皮帶、襯衫、螺旋釘及各式各樣的工具，他手裡一邊忙著，嘴裡還不停的嘀咕著。

「可惡的銼子，可惡的骨頭，該軟的時候偏偏硬，該硬的時候卻偏偏軟，哼，算了吧！誰喜歡銼這麼硬的牙門骨和脛骨，我還是另外找一塊來試試吧！嗯，現在這塊骨頭做起來可順手多了，哈啾！」骨頭銼出來的粉屑揚起，令他打了個噴嚏，忍不住又抱怨起來，「鋸倒一棵活樹就沒有這種粉屑，砍斷一根活骨頭，也不會有粉屑。還好只是做一塊脛骨，而不用做那個讓人傷腦筋的膝節骨，這就跟做一根跳桿一樣省事，但願能把它順順利利的做完，時間呀時間，我只要有多一點的時間就行了，那我就可以替亞哈船長做出一隻完美的腳。」

木匠又打了好幾個噴嚏，他揉揉鼻子，拿起自己的傑作細細打量著。「唔，在我把它鋸開以前，我得去請問船長一下，看看長短是不是剛好，我猜想，要是有不對勁的話，準是太短了，哈哈！」

亞哈船長慢慢踱到木匠工作的地方，他急於知道他那隻新腿的進度如何？他聽到木匠的笑聲，便問道：

「弄好啦！老師傅？」

「你來得正好，先生，我現在要打一個長短的記號，麻煩你讓我量一量。」

「量一量腳！好極了，這也不是頭一遭了，量吧！」亞哈船長銳利的眼睛這時瞟到一旁的老虎鉗，他咦了一聲，拿起來把弄一番。「你這裡倒有一把中用的老虎鉗，木匠師傅，讓我來試試它的鉗刀。」說著，他用老虎鉗夾住那隻骨腿。

「啊，小心！」木匠叫起來，「它會鉗碎骨頭的。」

「怕什麼，我就喜歡好鉗刀，」亞哈船長毫不在乎，「在這自私自利的世界裡，我就喜歡碰一碰鉗得住的東西，老朋友，那個鐵匠伯斯正在那兒忙些什麼呀？」

「這時候，他一定是在打螺旋釘。」

「嗯，對，這就是分工合作，他供給筋肉方面的東西，看情形，他正在那裡燒起通紅的火焰。」

「是呀，先生，要做這種精巧的活兒，就必定要有白熱。」

「唔，嗯，他也要有白熱。」亞哈船長自語了一陣之後，又轉向木匠，「木匠師傅，等伯斯打完螺旋釘後，要他打造一副鋼肩胛骨，這艘船上還有個販子被重擔壓得喘不過氣來呢！」

「先生？」木匠覺得莫名其妙，他不明白亞哈船長話中的意思。

「閉嘴。」亞哈船長不高興他的思緒被打斷，自顧自地繼續說道：「我要他造出一個完美的人，首先，高度要足五十呎，胸膛須仿照泰晤士河隧道的式樣，而且雙腳要生根，能夠固定在一個地方，此外，胳膊達手腕要三呎長，心可以省略不要，前額是銅打的，腦髓要有四分之一畝的面積，唔，讓我想想看，要不要讓他打出一對可以向外看的眼睛？」亞哈船長撫著下巴思索片刻。「不，只要在他頭頂上開個天窗，把裡面照亮就行了。現在，快給我傳令去。」

木匠不知所措的站在一旁，心想：我沒聽錯吧！他是在對我說話嗎？

這時，亞哈船長又開始自言自語了。

「只有蹩腳的建築師才弄得出黑濛頂蓋，這裡就是這樣一個頂蓋，喝——，我需要一盞燈籠。」

「嗄，要這東西嗎？」木匠急忙將一盞燈籠遞到亞哈船長面前，「先生，我這兒有兩盞，我用一盞就夠啦！」

亞哈船長嚇了一跳，嚷道：「喂，你為什麼把這捉賊用的玩意兒直塞到我臉上來？你知道用燈光照著人家，比用手槍指著人家還要可惡嗎？」

「先生，您是在跟木匠說話嗎？」木匠小心翼翼的問道。

「木匠？這就是——是一種十分整齊——」亞哈船長好像突然清醒，從幻想回到現實，他瞪了木匠一眼，「哼，我是說，你在這裡幹的是一種非常文雅的工作，木匠？難道你寧願去做泥匠不成？」

「泥——泥——哈啾！」木匠又打了個噴嚏，「先生，那是爛泥呀，我們還是讓挖陰溝的人去弄泥巴吧！先生。」

「這傢伙真邪惡！你為什麼一直打噴嚏？」

「骨頭的粉末總是四處飛揚。」木匠苦著臉說。

「那麼，記住，將來你死的時候，可千萬別當著活人的面下葬哪。」

「嗄，啊！我也是這樣想。」

「聽著，木匠，也許你自命是個規規矩矩、正正派派，又有高超本領的匠人，那麼，如果我一跨上你給我做的這條腿，是不是就可以充分表現出你的能耐，使我覺得這地方好像又長出一條腿呢？哎，木匠師傅，我是指就像我原先失去的那條腿，那條有血有肉的腿一樣呀，你能不能勝過那個老亞當？」

「這回我開始有點明白了。」木匠恍然大悟，「我聽過一些奇怪的說法，就是折斷桅桿的人總是永遠忘不了他原來的桅桿，不但如此，每當他一回想起來，他的心還會有刺痛的感覺呢！這是真的嗎，先生？」

「不錯，老友，試試看把你那條有生命的腿安到我這兒從前也有一條腿的地方。」亞哈船長說道：「所以，雖然現在看起來只有一條腿，可是我心裡記著的卻是一雙腿，那就是使你感到生命脈動的地方，那地方，就是那地方，真是分毫不差，我就是這麼想，這難道像個謎嗎？」

「我敢說那是個難解的謎。」

「那麼，你怎麼知道，在你現在站立的地方不會有某種有生氣、有思想且看不見的東西在那兒？在你最孤寂的時候，難道你還怕別人知道嗎？安靜點，別開口，告訴你，我現在對那條毀了的腿早就不覺得傷痛了，如果還覺得傷痛……

唉，木匠，如果你連軀體都沒有了，難道你還會感覺深深的痛苦嗎？哈！」

「哎唷，先生，如果真是那樣，我還得重新計算一下，我想我是太疏忽了。」

「聽著，對牛彈琴叫白搭。」亞哈船長對於木匠不能瞭解他的話意有些洩氣，「這條腿還要多久才會做好？」

「也許還要個把鐘頭吧！」

「那麼就隨便把它弄好就算了，弄好後送來給我。」亞哈船長吩咐完畢後即轉身離去，他還邊走邊嚷道：「生命啊，我在這裡，高傲有如希臘之神，然而為了要弄一塊骨頭來支撐我，就必須欠這個傻瓜一筆永遠也還不清的人情債，我真巴不得像空氣一樣自由，但我卻是負債累累。如果我很富有，那我就可以到羅馬帝國的拍賣場上去跟最有錢的將軍們討價還價了，但是我缺少一條如簧巧舌。呵！我要去找個坩堝來，跳進去，把自己銷溶成一小撮脊椎骨，這樣就沒事了。」

木匠搖搖頭，繼續開始他的工作。

史塔布說得沒錯，亞哈船長真是個怪人，只有史塔布最清楚他了。

13 復仇的魚叉

「皮科德號」逐漸駛近台灣和巴士群島，在這兩個群島之間，是從中國海流向太平洋的熱帶洋流。

這天早晨，水手們像往常一樣抽乾船裡的水，但令人不解的是，抽出來的水中卻有不少的油，根據判斷，極有可能是放在艙裡的那些油精桶發生嚴重的破損，斯達巴克慌忙地跑向船長室，要將這個壞消息報告給亞哈船長知道。

亞哈船長背對著門，正蹙著眉頭研究面前攤開的一張東方群島的簡略圖，他的旁邊還擺著一張日本群島的東方沿海圖，而那條雪白的新骨腿則抵著桌腳。「誰呀？」他聽到門邊的腳步聲，但並未回頭，這時他不想被人打擾。「上甲板去，滾開！滾遠些！」

「亞哈船長你弄錯啦，是我呀！」斯達巴克一腳跨進船長室，心平氣和的說：「艙裡的油漏了，船長，我們必須吊起複滑車，把油桶起出來。」

「吊起複滑車把油桶起出來？」亞哈船長的眼睛仍然直盯著地圖。「我們既

然快到日本了，為什麼還要在這裡多逗留一個星期，來料理這堆破桶子？」

「如果不這麼做，那麼一天所浪費的油，就抵得上我們一年所得的。既然是我們趕了兩千里路弄來的油，就應該多加珍惜呀，船長。」

「是呀，是呀，要是我們弄得到這些油。」亞哈船長心不在焉的應道。

「船長，我是說艙裡的油。」斯達巴克不得不再解釋一遍。

「可是我根本就不在說這件事，也不在想這件事。」亞哈船長不耐煩的叫道：「出去，出去，隨它去漏吧！我自己也渾身在漏呢！哼，漏中再漏！不但都是些漏油桶，而且是漏船裡的漏桶，這比『皮科德號』的處境更糟，老友，但是我不願停下來修補我的漏洞，因為在這深裝重載的船身裡，誰能找到漏洞呀。在這生命的怒號大風裡，就算找到了漏洞，又怎能補得了呢？斯達巴克，我不打算吊起複滑車。」

「那麼，船東們會怎麼說呢，船長？」這個大副十分為難。

「讓那些在南塔克特海灘上的船東們去懊惱吧！關亞哈什麼事，船東、船東，斯達巴克，你老是來跟我嘀咕那些吝嗇的船東，好像那些船東就是我的良心。可是，你聽清楚，唯一真正的船東就是這艘船的船長，記住，我的良心就在這艘船的龍骨裡。現在，你給我聽清楚：『快回甲板上去！』」

「亞哈船長！」斯達巴克面紅耳赤，他帶著幾分尊敬，小心翼翼的向前跨近一步，好像鼓足了勇氣，但又不敢讓這股勇氣外露。「一個德高望重的長者，一定會立刻原諒年輕人魯莽的行為，而且更會原諒一個誠摯的人，是吧，亞哈船長？」

「好傢伙！你竟敢批評起我來了。」亞哈船長吼道：「快回甲板上去！」

「不，船長，等一等，請原諒我，但難道到了現在我們彼此還不能好好的互相瞭解嗎？亞哈船長！」

亞哈船長從網架上抓起一把滑膛槍，指向斯達巴克叫道：「管理全世界大事的只有一個上帝，管理『皮科德號』的就只有一個船長。——回甲板上去！」

大副那雙眨個不停的眼睛和那張通紅的臉，簡直讓人以為他真的嚐到了那把滑膛槍裡的一顆子彈。但是，他控制了情緒，相當泰然地轉身走了。

斯達巴克走到門口時，突然停住了腳步，他緩緩轉身，對亞哈船長說：「你剛才是行暴，不是侮辱我，船長。不過，我請你不必提防斯達巴克，你對此事只要一笑置之就行了，可是，請亞哈要當心亞哈，當心你自己吧，老人家。」

亞哈船長呆怔半晌，直到斯達巴克消失在通道的那一端，他才回過神來，自言自語道：「他變勇敢了，不過還算聽從命令，這才是有謀之勇。可是，他剛才是怎麼說的，亞哈當心亞哈，唔，這其中必有文章。」

於是，他不自覺地把那支槍當作拐杖拄著，面色鐵青，在那間小艙房裡踱來踱去，過了不久，他前額密集的皺紋漸漸平服，他把槍放回網架，走上甲板。

亞哈船長走到大副身邊，低聲的說：

「你真是個大好人，斯達巴克。」然後他又拉大嗓門對著水手們喊道：「把上桅帆捲起，收緊前前後後的中桅帆，裝上大桅下桁，吊起複滑車，打開主艙。」

對於亞哈船長的轉變，連斯達巴克都覺得十分訝異，但沒有人知道究竟亞哈船長為什麼要這樣做。

大夥兒迅速執行了命令，先把各種帆都收起來，再用複滑車將船艙內的油桶吊起來，開始找漏的地方，但是他們發現，放在艙裡的油桶都完好無損，於是再往更深層處尋找，翻遍一層又一層，幾乎把所有的東西全掏出來了，最後連甲板上也因堆滿了雜物而無法行走。

桂奎革也和其他水手一樣，賣力地在既潮濕又油膩的地方鑽進鑽出，他打著赤膊，穿著一條絨褲，鎮日在陰暗的船艙裡，汗流浹背的忙著處理那些笨重的油桶，把它們儲藏得妥妥當當。然而，就在他熱得渾身大汗的當兒，卻突然受到一陣風寒，結果好端端的竟發起寒熱來了。

一向生龍活虎的桂奎革，經過病魔幾天的折磨，此刻只剩下微弱的一口氣，躺在吊鋪上，瀕臨死亡的邊緣。

可是，伊斯梅爾驚奇的注意到，儘管桂奎革日漸消瘦，顴骨尖聳，但他那對眼睛卻似越來越渾圓，越來越有神氣，當他望向伊斯梅爾的時候，伊斯梅爾幾乎可以感覺到他眼中閃動著柔和、深情的光芒，好像是在證明他身上有不死、不垮，且不朽的健康狀態，而水手們也都沒有當他是個無藥可救的病人。

清晨時分，天空還是灰濛濛的一片，桂奎革靜靜地躺在他那搖來晃去的吊鋪上，翻騰起伏的大海似乎溫柔地將他搖到那最後的安息地，一抹神秘的紅暈悄悄浮現在他臉上，他緊閉雙眼，沒有人知道他此刻的心情。忽然，他央人去找伊斯梅爾，當伊斯梅爾來到他的吊鋪前時，天剛微明，桂奎革抓住伊斯梅爾的手，告訴他一件事。

「當我在南塔克特時，有一次偶然看到一隻木製的小獨木舟，當時我不明所以，後來問了別人，才知道凡是死在南塔克特的捕鯨人，都會被放到那種黑色的獨木舟裡去，我一想到可以那樣躺在裡面，就覺得很開心，因為，這跟我們的種族習慣沒有什麼不同，在我們那裡，我們會將一個死了的武士全身抹上香油，然後把他放進獨木舟裡，任其漂流。」他頓了一會兒，喃喃說道：「我希望自己也能擁有一隻像南塔克特人那樣的獨木舟，因為我是個捕鯨人，而這種棺材式的獨木舟就像一隻捕鯨小艇……」

這件事馬上傳遍全船，木匠聽到後，立刻按照桂奎革的希望行事，把一切所需的東西都置辦起來。船上恰好有一些具異教色彩、棺材色的舊木頭，於是他就用這些黑木皮作為雕製獨木舟的材料。

木匠拿起他那把尺，跑到水手艙裡，替桂奎革仔仔細細地量起尺寸，一邊移動那把尺，一邊用粉筆在桂奎革身上一本正經地畫了起來。

「唉，可憐的人！他現在要死了。」一位水手突然叫道。

木匠跑回老虎鉗砧子邊，心中反覆計算著，只見他一會兒在砧子上量了又量棺材的長度，一會兒又在上面畫了兩條線作為兩邊的界線，最後總算確定下來，然後，他開始整理木板和工具，動手做了起來。

當他把最後一枚釘子敲了進去，蓋子及時刨平，裝配好後，他輕巧地把棺材扛在肩上，向前走去。

「是不是現在要用了？」他問道。

「你在開玩笑，木匠師傅，快把棺材弄走。」水手們叫嚷起來。

桂奎革聽到叫嚷聲。「讓木匠師傅把棺材放在這兒。」

大家吃了一驚，但有誰忍心拂逆一個垂死者的要求呢？

桂奎革俯靠在吊鋪上，神色專注的望著那口棺材許久，然後叫人把他的魚叉拿來，卸掉木柄，將那支鐵器和他在小艇上的一把槳一起放進棺材裡；棺材內的四周還排滿硬麵包，在頭部的地方放著一罐清水，腳下放著一小袋從艙裡抓來混著木屑的泥土，此外，還有一個用帆布捲成一團的枕頭。這一切都出自他本人的要求。

接著，桂奎革請大家把他抬進那最後的睡床，他想試一試是否舒適，他動也不動地在裡面躺了幾分鐘後，又叫人到他的旅行袋裡拿出那個小黑偶來，於是他把小黑偶摟在胸前，要求闔上棺材蓋，他就這樣神情安詳的躺在裡面，最後才用自己的族語喃喃說道：

「不錯，很舒服。」一邊示意將他重新搬回吊鋪。

這時，一直在旁邊探頭探腦的小黑人畢普，突然溜到桂奎革身旁，他一手抓住桂奎革的手，一手拿著那隻小手鼓，輕聲嗚咽著。

「可憐的流浪漢，你是再也不願過這種發膩的流浪生活啦！那麼你要到哪裡去呀？如果波濤把你漂到美麗的安地列斯島，啊，在那兒拍擊海灘的只有睡蓮，那麼請你替我做一件小差事好不好？把一個叫做畢普的傢伙找回來，他是早就失蹤的了，我想他是在安地列斯島那個遙遠的地方，如果你找到他，就請安慰他一下，因為他一定很煩悶，你知道嗎？他還留下一隻小手鼓，是我找到的，的——啦——噠——噠！現在桂奎革死了，讓我來替你敲死亡進行曲吧！」

斯達巴克望著下面的小艙口，若有所思的自語道：「我聽說，患有寒熱症的人，都會不知不覺的說出古語，而這些古語大多是早已深植在他們記憶深處的，有些則是他們聽到一些偉大的學者說過的。我確信，可憐的畢普在這樣瘋瘋癲癲的狀態下所說的瘋言瘋語裡，一定涵蓋著我們東土中一切至福的證言，可是，他究竟是從什麼地方學到的呢？」

這時，畢普又自顧自地說起話來，只是這回說得更狂些。

「一對一對地排好，讓我們把他看成一位將軍吧！啊，他的魚叉在哪裡？把它橫放在這地方，的——啦——嗟嗟嗟，嘩呀！一隻鬥雞歇在他的頭頂上，在高聲啼叫啦，桂奎革是鬥死了的！你們聽著，桂奎革是鬥死的！你們要小心注意呀！桂奎革是鬥死了的！我說，是鬥死，是鬥死，是鬥死的呀！可是蹩腳的小畢普，他卻是給嚇死的，給一嚇就嚇死的！你聽著，如果你找到畢普，就對全安地列斯島上的人說，畢普是個逃兵，是個膽小鬼，他是從一艘捕鯨小艇跳出去的。如果他真要死在這裡，我就永遠不替蹩腳的畢普敲小手鼓，也不把他看成將軍，不，不！讓所有沒有膽量的懦夫羞死算了，讓他們全都像從捕鯨小艇裡跳出去的畢普一樣，淹死算啦！可恥，真是可恥！」

儘管畢普在一旁不停的嚷嚷，桂奎革卻始終緊閉著雙眼躺在那裡，彷彿在做夢。大家把畢普帶走，將病人抬上吊鋪，就在此時，桂奎革忽然精神一振，病懨懨的神態頓時一掃而空，讓人覺得他似乎不再需要木匠的那口箱子了。每個人都瞪大了眼睛，臉上顯露出不可思議的表情，桂奎革解釋道：

「我正好想起在岸上還有一樁事尚未辦完，所以我改變要死的念頭。」他堅決的說：「我現在還不能死。」

眾人譁然，爭相問道：

「什麼，照你說來，要死要活的大權都可由你願不願意或高不高興來作決定囉？」

「當然啦！」桂奎革肯定的回答。

依照桂奎革的說法，如果決心要活的人，區區疾病是害不了他的，除非碰上一條巨鯨、一陣狂風，或那種猛烈、無法控制、無法理解的破壞者。這就是野人與文明人的顯著差別，一般而言，如果一個生病的文明人要六個月才能恢復健康，那麼，一個生病的野人頂多一天的時間就可痊癒大半了。

桂奎革就這麼奇蹟似的復原了，他在絞車上懶散地坐了幾天後，有一天他伸了幾個懶腰，打陣呵欠，就精力十足地跳進吊在船邊的小艇裡，抓起魚叉，說他可以戰鬥了。

他心血來潮，把那口棺材拿來當衣櫃用，他將旅行袋中的衣服全倒進裡面，還把衣服折疊得整整齊齊的。每當閒暇時，他便拿起小刀，在棺材蓋上雕刻各式各樣、奇形異狀的人像及圖案，這些人像及圖案，乍看之下竟像是他身上那些彎彎曲曲刺花的縮影。

駛過巴士群島，「皮科德號」終於抵達南太平洋，繼續向日本巡弋漁場慢慢接近。亞哈船長像尊雕像般地站在後桅索具的老地方，輕輕吸著來自巴士群島甜甜的麝香氣，以及隨海風飄送而來的清新海水氣息，他的視線越過海面，落在遙遠的水平線上，然後額上的青筋逐漸暴出，此刻，那條可憎的白鯨說不定正在哪個地方逍遙地戲水呢。

午餐過後，亞哈船長滿懷心事地拿著一只銹色斑斑的小皮囊去找伯斯，當他走到與燈爐還有一段距離的地方就停步不前。伯斯蓬頭垢面，腰間綁著一條僵硬的鯊魚皮圍裙，一隻手拿著一根矛尖放在火裡燒鍊，另一隻手則拿著吹火筒，正在熔爐和鐵砧間忙碌。

亞哈船長一直靜默不語，只是注視著伯斯的一舉一動，伯斯自火裡取出那塊烙鐵後，便開始在鐵砧上用勁地敲打起來，一時之間，火星四散，有些飄到亞哈船長的身邊，他提起小皮囊揮了一下，這才打破沉默。

「這些都是你在海上的朋友嗎？伯斯，瞧它們總繞著你轉。」

「是啊，想趕都趕不走呢！」

「為什麼要趕走它們呢？你瞧，它們可能會燙傷別人，卻從不燙傷我們的伯斯哪！」

「那是因為我全身都被燙遍了，亞哈船長。」伯斯停下手邊的工作，望著自己千瘡百孔而粗糙的皮膚，「現在這些小火星已傷不了我，倒是你們可就禁不起燙了。」

「好了，好了，鐵匠，雖然我從未快樂過，可是我也不喜歡聽人抱怨，其實你應該發狂的，你沒發狂才讓人覺得奇怪呢！」亞哈船長一邊說著，一邊探過頭去，「你在忙些什麼呀？」

「在焊一枝矛尖，船長。」伯斯舉起那根鐵器，「這上面到處都是細縫和疤痕。」

「噢，它有這麼多瑕疵，你還能讓它恢復原狀？」亞哈船長懷疑地問道。

「應該是可以。」

「呃，那我倒想問你，伯斯，是不是各種的細縫和疤痕你都能把它弄得平平整整的？」

伯斯想了一會兒，然後點點頭。「我想我可以辦到，只除了一樣東西……」

「嘿！」亞哈船長跨前一步，雙手熱情地搭在伯斯肩上，「好鐵匠，這種細縫你能把它修平嗎？」他說著，一隻手指向滿是皺紋的額頭。

「啊，船長……」

「如果你真有這個本事，我願意把頭頂在你的鐵砧上，嚐嚐這個大鎚子的滋味。」亞哈船長大聲說道。

「船長，我剛才說除了一樣東西，」鐵匠焦急地嚷道：「就是這樣東西呀！」

「嗯，也罷，如果連我們的伯斯都沒有辦法的話，我想我額頭上的細縫得永遠留在那兒了。不過，今天你把手上的工作暫停一下，我要打造一支魚叉，一支特製的魚叉，任何惡魔都沒法將它折斷。」他晃晃手上的皮囊，立即響起清脆的金屬聲，「材料就在這裡，這些都是我費盡心思蒐集來的馬蹄鐵的釘頭釘腳。」亞哈船長把皮囊內的東西倒在鐵砧上。

「哇，馬蹄鐵的釘頭釘腳！」鐵匠露出欣羨的神色，「這是我們鐵匠所用過最好最硬的材料，一定可以打造出舉世無雙的魚叉。」

「這我比你清楚，廢話少說，開始幹活吧！」亞哈船長顯然已經迫不及待了，「先把這些釘頭釘腳打熔鑄成十二根叉條，然後再把它們緊緊扭絞在一起，快，我來拉風箱。」

在兩人傾力合作下，十二根叉條很快打造出來，亞哈船長親自一一檢驗，最後挑出一根。

「這根不行，得重新打一遍。」伯斯立即照辦。

十二根高品質的叉條終於全部完成，伯斯準備將它們焊接在一起時，亞哈船長伸手阻止他。

「讓我來。」他說，「我要親自焊接這支魚叉。」

熔爐內的火燒得唬唬作響，伯斯把赤紅的叉條一根根遞給亞哈船長，亞哈船長揮動著大鎚，不停歇地在鐵砧上敲打著，偶爾停下來擦擦汗、喘口氣。不知何時，費達拉從旁邊閃出，站在熔爐前俯視著飛迸的火焰，可是當亞哈船長抬起頭時，他卻又機靈地退到一邊。

在水手艙那邊張望的水手們都可以看到熊熊的火花，然而沒有人知道那邊在忙些什麼大事。

十二根叉條終於合而為一，伯斯將炙熱的鐵條浸入水中，想使它更堅硬，嘶的一聲，一股熱氣直衝到亞哈船長的臉上，他痛得大叫起來。

「你在替我打烙印呀，伯斯？」

「不，亞哈船長，我絕沒有這個意思。」伯斯嚇了一跳，急忙否認，然後他謹慎地問道：「這支魚叉是準備用來打白鯨的嗎？」

「是去打那個白色的魔鬼。」亞哈船長咬牙切齒說道。「現在要打魚叉鉤了，這得由你來。唔，這是我的剃刀，全是用上等的鋼製成的，請把它打成像針一樣的尖。」

伯斯把剃刀拿在手裡翻來轉去瞧了半天，似乎非常捨不得用它。

「快動手呀，伯斯，你還在等什麼？這些剃刀我早就不用了，我已經好久不曾刮過鬍子，甚至也不再禱告，我要等到……」亞哈船長突然住了口，「快開始吧，朋友，我已經等不及了。」

剃刀經過熔鑄以後，成為尖銳的箭矢型，經由伯斯焊接後，一支完美的魚叉就此誕生。為使魚叉更堅硬，伯斯不斷將烤紅的魚叉尖放進水中冷卻，再把冷卻的魚叉鉤放入火中燒烤，這些動作重複幾次後，亞哈船長嚷道：「不，不要用水了，我要讓這支魚叉真正地淬硬。」他喚來那些異教徒，「桂奎革、大個兒、塔斯蒂哥，你們可願意用你們的血來浸潤這支魚叉鉤？」他的臉上露出狂亂的神

色，像中了邪魔，把魚叉高高舉起。

然後，三個異教徒的身上各被戳了一槍，這支負有復仇使命的魚叉鉤就此淬硬。

過了幾個星期，「皮科德號」遇見滿載而歸的南塔克特捕鯨船「單身漢號」，那艘船不但將船上置備的桶子裝滿鯨油，連空的牛肉、牛油木桶也全派上用場，而且一路上還向其他船隻換得許多桶子來裝鯨油，比起許多捕鯨船，他們實在是非常幸運。

「單身漢號」上到處飄揚著五顏六色的旗幟，在桅頂上三個水手的帽子上，也垂下狹長的紅絲帶，而索具四周也繫著五顏六色的旗幟，好像在慶祝節日。

當那艘船衝向「皮科德號」時，喧天的大鼓聲讓百碼內的人全聽見了，等到兩艘船更接近時，「皮科德號」的水手可以清楚看到那艘船上的水手欣喜若狂地站在大煉油鍋旁邊，輪流用拳頭捶打覆蓋在大煉油鍋上的一層魚皮，在後甲板上，大副和魚叉手們正與隨他們私奔出來的玻里尼西亞女郎快樂地跳舞；而在前桅和主桅間，高高吊著一艘裝飾華麗的小艇，三名黑人水手則在那兒主持晚會。

船長威風凜凜地站在後甲板上，洋洋得意地看著他的水手們歡樂的笑鬧。

亞哈船長也站在「皮科德號」的後甲板上，然而卻是一副邋遢像，不但衣衫不整潔，臉上也毫無光采。

當兩艘船擦身而過時，更讓人看出彼此的差異，一艘船是如此亮麗、神氣，而另一艘船則充滿晦暗與頹喪，上天是否在冥冥中已指出各船的命運了？

「朋友，上船來吧！」「單身漢號」的船長愉快地高喊，一面舉起一隻酒杯和一瓶酒。

「有沒有看到白鯨？」亞哈船長咬牙切齒地問道。

「只是聽說過，但沒見到，反正我也不信那一套。」對方高興地回答。「上船來吧！一塊兒玩玩，我們可是滿載而歸哪！」

「你們滿載而歸，那就說我們是空船好啦，也罷，咱們在此分道揚鑣。」亞哈船長高聲叫道：「前進！把帆扯起來，搶風駛去！」

「單身漢號」快快樂樂地駛去，那些開心的水手們完全沒有注意到「皮科德號」上投來一對對羨慕的眼光。

14 颱風

在遇到「單身漢號」後，「皮科德號」似乎也沾到好運，第二天放下去的小艇均大有斬獲，一天之內打到四條大鯨，其中有一條即是亞哈船長的功勞。

當傍晚的天空染滿紅霞時，一切的追擊、打鬥都已結束，海面也趨於平靜，亞哈船長命令小艇向後划，離開那條奄奄一息的大鯨，然而他的視線始終無法自那條垂死的大鯨身上移開。

抹香鯨臨死前有一種奇特的動作，就是腦袋會對著太陽的方向慢慢轉動，過了些許時候，才嚥下最後一口氣。這一景象，挑起亞哈船長莫名的感觸，他凝望良久，才悵然地別過頭去，走向小艇的另一端。

四條大鯨分別在不同地方被捕獲，其中的三條已被擊殺，並被拖到船舷側邊，天色漸暗，因亞哈船長擊殺的大鯨，在較遠的上風處，所以要等到第二天天亮時才能拖回去，依照規定，那條小艇當夜必須守在死鯨旁邊。

浮標桿直立在死鯨的噴水孔中，桿頂掛有一盞小燈，微弱的光芒灑落在小艇上，也灑落在午夜的浪濤上。

海風輕拂，亞哈船長和艇上的水手都睡著了，只有費達拉依舊保持清醒，他獨自坐在艇頭，瞅著那群在大鯨四周與高采烈玩耍的鯊魚。

忽然一聲呻吟似的叫喊聲劃破寂靜的黑夜，費達拉轉過頭，與正從夢中驚醒的亞哈船長面面相覷。

「我又夢到它了。」亞哈船長非常煩惱，這夢魘長久以來一直困擾著他。

「靈車是嗎？」費達拉彷彿能夠看穿亞哈船長的心思，他平靜的說：「你這老頭子，我不是告訴過你，不管是靈車也好，棺材也好，你別指望了。」

「哪一個死在海上的人會指望被裝在靈車上呢？」亞哈船長反駁道。

費達拉把視線投在漆黑的海面上，逕自緩緩說道：

「老人家，你聽清楚，如果你是死在這趟航程上，那麼在你臨死之前，會見到兩輛靈車，第一輛不是活人做出來的，但是另一輛，卻是道道地地用美國出產的木頭做成的。」

「呵！真是太不可思議了。」亞哈船長譏諷道，「朋友，難不成是一輛插著羽毛的靈車，飄揚過海來嗎？哈，這般情景恐怕不是馬上就可以見到的吧！」

「信不信由你！」費達拉並不理會亞哈船長的譏諷，他肯定地說：「總之，在你死之前，你一定會看到這些東西的。」

「哦，那你呢？也是這樣嗎？」

「到頭來，我仍是先你而去，做你的領航人。」

「你的意思是說，你會比我早走，而且在我跟去之前，你還會回來，然後再領我去，是嗎？」亞哈船長盯著費達拉，後者依然凝望遠處，於是他一咬牙，「好吧！既然是這樣，我發誓，我不但要殺死摩比．迪克，而且要死在牠後頭。」

「我再告訴你，老人家，」費達拉的雙眸在暗夜中閃閃發亮，「只有絞索才殺得了你。」

「嗯，你是說絞架嗎？這麼說，我是不朽的了。」亞哈船長嘲弄道，「無論在海上或陸上，我都是不朽的。」

雖然亞哈船長弄錯了費達拉的意思，費達拉所謂的絞索是指捕鯨索而不是絞架，可是費達拉並沒有多做解釋，亞哈船長也沈默下來，兩人各懷心事，一片死寂充斥在他倆之間，僅有的聲響是浪濤下鯊魚尾巴輕敲小艇所發出的聲音。

次日午時前，水手們便合力將大鯨拖到大船側。

日本海夏季的白晝，有如清麗明亮的流光，「皮科德號」悠遊其上，彷彿置身畫中。

亞哈船長每天必定要坐在艇頭上，做一些例行的觀測太陽、判定方向等工作，每當他仰頭望天的時候，機靈的水手就裝模作樣地掌著舵柄，而精明的水手則跑到轉帆索旁邊，大家的目光不約而同地投向釘在主桅的金幣上，而熱切期盼著轉向赤道的命令。

接近中午的時候，轉航的命令終於下達。

亞哈船長湊在象限儀上看了好一陣子，船身搖晃不已，使他一直沒有辦法正確地測出他想要的數據，只見他一會兒低頭沈思，一會兒又用鉛筆在一隻牙骨腿上計算一陣，然後忍不住抱怨起來。

「我的天啊！我到底是在什麼地方，又該往哪兒去呢？為什麼你這個海標不肯給我一點暗示？你一定知道摩比·迪克在哪裡，為什麼不直截了當地告訴我，我睜大了雙眼，卻什麼也看不到。」

他撥弄著象限儀上的小零件，又觀測一陣，終於絕望地放棄，憤怒地嚷道：

「哼，科學的產物，你到底有什麼本事，也該露出來讓我瞧瞧，還是世人過分誇大你的功能了，算了，我看你連一滴水、一粒沙明天中午會在哪裡也說不上來，真是沒用的東西。」他說著，把象限儀往甲板上狠狠一擲，「我再也不需要你了，不管是羅盤或測程器都會幫助我，讓我在海上正確的行走。」

他越想越氣，還粗猛地踹了幾下象限儀，這個小儀器那堪這般踐踏，早就七零八落，零件也四處飛散了。

亞哈船長的怒氣發洩過後，便扳著臉孔在甲板上踱來踱去，然後他忽然停下來，對那些被嚇壞了的水手們吼道：

「到轉帆索那邊去。」緊接著他又發布了一連串的命令，「轉帆，使船向風，直駛！」

帆桁轉動了，船身也慢慢地斜轉身，開始迎風前進。

而斯達巴克始終皺著眉頭、悶聲不響地站在船首突樑的支柱間，把這一切亂七八糟的情況全看在眼裡。

晴朗的天空中，從四面八方湧出厚重的烏雲，風速也一陣強過一陣，到了傍晚開始下起傾盆大雨。當夜幕低垂時，已是浪濤怒吼，雷聲隆隆，電光狂閃，其中還夾著刺耳的霹靂聲，「皮科德號」碰上熱帶地方最常見的颱風了。

風勢雨勢越來越大，狂風暴雨將偌大捕鯨船上的帆布吹得精光，只剩下一些碎布條兀自在大風中抖動。

後甲板上的斯達巴克緊緊抓住一根護桅索，每當電光一閃，他就本能地抬頭向上望望那些糾纏不清的索具有沒有遭殃，而史塔布及佛拉斯克則忙著指揮水手們把幾艘小艇吊得更高，以防被大浪打濕。

水手們非常賣力，但好像沒有得到預期的效果，一波又一波的滔天大浪向大船側邊襲捲著，小艇即使吊得再高，仍躲不過大浪的沖擊，就連亞哈船長那艘高綁在吊鉤頂端的小艇，在一陣大浪過後，也是滴滴答答淌個不停。

又是一陣大浪衝上來，正好打在史塔布的小艇上，他哇啦哇啦地咒罵起來：「該死的大浪，為什麼總跟我過不去，那是我的小艇呀。」

然後他開始擔心這艘搖搖晃晃的大船會就此沈沒。

「老天，怎麼有這麼瘋狂的海浪，它想幹什麼就幹什麼，我史塔布卻拿它一點辦法也沒有，太荒謬了，每當它一衝過來，我就只有乾瞪眼的份兒，真是倒楣透了。也罷，讓我唱首歌來安撫它吧！」說完，他就扯起嗓子唱起歌來了。

「閉嘴，史塔布，」斯達巴克叫道：「已經夠吵了，你最好安靜些。」

「我害怕呀，斯達巴克，唯有唱歌才能使我勇氣倍增。我坦白告訴你，我是非唱不可，除非你割斷我的喉嚨，但是如果你真的割斷我的喉嚨，我也會讓你聽到音律嘈雜而不和諧的讚美詩。」

「神經病，我看你八成兩隻眼睛都瞎了。」

「嘎，我不信在這麼黑的地方，你會比別人看得更清楚，你騙不了我的。」

「我告訴你，」斯達巴克一手抓住史塔布的肩膀，一手指著上風的船頭，面色凝重的說：「你注意到風向了沒有？大風是從東邊吹來，與亞哈船長要去找摩比．迪克的航線完全相同。今天中午才轉航的，好端端地卻突然變成這種鬼魅般的天氣，朋友，如果你想知道原因，就多多留意他的小艇，他經常站立的艇尾，早就被他那隻牙骨腿給磨穿了。」斯達巴克煩躁地叫嚷著：「還有，如果你非唱不可，儘可以跳到海裡去唱個痛快。」

「你在說什麼？我不明白你的意思，」史塔布睜大疑惑的雙眼，「要出什麼事了嗎？」

「沒錯。」斯達巴克突然想到什麼似的，喃喃自語了起來，「繞過好望角，是到南塔克特的捷徑呀，現在這狂風是想讓我們全部覆沒，如果我們能把逆風變成順風，順風就會送我們回到南塔克特。」他感歎地說：「我早該想到，上風的地方充滿劫數，可是下風呢？那是回家的方向哪！」

一道閃電倏然劃亮漆黑的夜空，斯達巴克隱隱聽到腳步聲，他大聲問道：「是什麼人？」

幾乎是同時，一串響雷穿過天際。

「老雷公！」亞哈船長接口道。他正沿著舷側，摸索著往鏇孔去。

斯達巴克瞪視著閃閃的電光，突然喊了起來：

「避雷針——，避雷針是不是都插進水裡了？大夥兒注意，快把它們全拋出去。」

「皮科德號」及海上的一些船隻，在桅桿上都裝有避雷針，其主要目的就是要將可怕的氣流引進水裡。但是這種避雷針必須要深入水中，它的下端才不致碰到船殼，然而這又產生另一個問題，那就是避雷針太長可能會與索具絞在一起，這不但會阻礙船隻的行進，甚至可能發生意外，所以避雷針的下端通常被製成鏈條狀，可以依情況隨時收起或拋入海中。

「別急，我們不需要什麼避雷針。」亞哈船長阻止道，「既然電光要與我們

玩遊戲，我們就必須光明正大的玩。斯達巴克，這件事不值得大驚小怪，由它們去吧！」

「你不能強迫全船的水手都與你一起走向毀滅之路，亞哈船長，你會害死大家的……」斯達巴克來不及說完就驚呼起來：「你看上面！」

桅頂上閃過一陣青白的電光後，避雷針的三叉尖端分別冒出縷縷細長的白焰，三根高聳的桅桿似乎緩緩地燃燒起來了。

「電光可憐可憐我們吧！」史塔布看到火焰，嚇得連聲調都變了。

水手艙裡的水手們擠在一起，驚愕地呆望著在高處燃燒的火光，塔斯蒂哥驚詫地連嘴巴都張開了，一口雪白的牙彷彿也在閃著電光。

火光漸漸微弱，終於完全消失，「皮科德號」又再次被黑暗吞噬。

斯達巴克在黑暗中巡視一遍甲板後，迎面撞上一個人。

「是你，史塔布，你還好吧？我好像聽到你在哭呢，那聲音跟歌聲不大相同哪。」

「我沒有哭，我只是在說，電光可憐可憐我們吧！」史塔布很不自然地說道：「你可知道？斯達巴克，我現在覺得桅頂上的火光是一種好預兆，它點燃我們的希望。」

就在這時，細長的電光又閃了起來，藍青色的光影愈發顯得詭異，斯達巴克摒住了氣息。

「你看——」

「電光可憐可憐我們吧！」史塔布又叫了起來。

水手們個個呆若木雞，而主桅下面，費達拉正仰著頭，跪在亞哈船長面前。

「夥伴們，你們看清楚了嗎？這道白焰就是來指引我們去捕白鯨的呀！」亞哈船長高聲叫道，「把主桅的鏈環遞給我，願火光經由此通遍我的全身，讓我的血液奔騰吧！」

他轉過身，一手抓住鏈環，一手狂亂地揮動，腳踏在費達拉身上，雙眼炙熱地凝望桅頂。

突然間，電光再次狂閃，桅頂的火焰直往上衝，每個人都緊閉著雙眼，亞哈船長此時也慌忙地用手蒙住雙眼。

「小艇，看哪！」斯達巴克驚叫起來，「船長，你的那艘小艇……」

亞哈船長那支新打造的特製魚叉正好綁在凸出的叉架上，直直伸到小艇外側，魚叉鞘不知何時已被狂猛的浪濤打掉了，此刻魚叉的鋼鉤上，冉冉冒著細長的青色火焰，斯達巴克一把掐住亞哈船長的胳膊。

「你看到了嗎？船長，連天都在反對你了，小心呀！這是個不吉利的航程，所有事情都不吉利，趁現在還來得及，趕快轉航吧。」這個大副幾乎是哭著哀求道：「亞哈船長，別再執迷不悟了。」

水手們本來已相當驚慌，聽到大副的話更覺得恐懼，他們立即到轉帆索邊，等待船長下達明確的命令。

亞哈船長把燃燒的鏈環甩向甲板，立刻抓起那支燎著青焰的魚叉朝著水手揮舞著，臉上閃著凶惡的神色。

「你們誰敢動一下索頭，我就讓他嚐嚐這支魚叉的滋味。」

水手們霎時被嚇得不知所措，他們是真的害怕那支魚叉會迎面戳來，大家顫抖地向後退去。

亞哈船長盯著那些茫然的臉孔，沈聲說道：

「你們都發過誓，要盡個人的力量去追擊白鯨，怎麼可以臨陣退縮，我亞哈可是把這顆心、靈魂、身體、五臟六腑，甚至生命全都奉獻出來了，你們應該了解我才是，現在，讓我把你們的恐懼完全消滅。」他呼的一聲，把魚叉上的火焰吹熄了。

亞哈船長的這顆定心丸，終於讓驚惶的水手安下心來。

將近午夜的時候，斯達巴克在舵邊找到亞哈船長。「船長，我們要把主中桅的下桁卸下來，帶子已經鬆脱，下風的吊索可能很快就會散開。」他問道：「我們可以把它卸下來嗎？」

「把它綁住，別去動它。要是我有第三帆的上桅桿，我現在也會把它們弄上去。」

「船長——」

「唔？」亞哈船長側過頭來，盯著斯達巴克。

「錨鏈也在晃動了，我們要不要把它們收進來？」

「我告訴過你，什麼都別動，綁緊就行了。」

斯達巴克無可奈何的離開，他的每個提議都被亞哈船長否決掉，這個固執的老頭，下了一個瘋狂的決定，他似乎在跟暴風雨比賽看誰有能耐。

亞哈船長望著斯達巴克的背影，開始嘀咕起來。「這點小風算得了什麼，也要這般大驚小怪，可惡，竟把我當成沒用的小漁船船長！」

在受到狂風暴雨侵襲的大船上，似乎大家都不太好過，史塔布和佛拉斯克為了加縛錨上的繩索，兩人在舷牆上已是渾身濕透，而舵手更是被甩到甲板上好幾次。雖然舵柄上綁了大索，但大船不停的搖來晃去，大索一鬆，舵柄猛地一旋，舵手就被撞倒在甲板上了。

午夜過後，風雨稍微減弱，斯達巴克和史塔布一人管船頭，一人管船尾，桅桁上新換的篷帆也收攏到一邊，船梢後面張開一面在暴風雨時專用的斜桁帆，船身已能較為平穩的前進。

舵手依照東南東的航向掌舵，因此他必須時時注意方向，「皮科德號」每震動一次，他就緊張地望一下羅盤針，事實上，羅盤針也是不停地兜來轉去。這時，他驚訝的發現，逆風轉為順風，風從船梢的方向吹來了。

這真是個好消息，水手們一面弄正桅桁，一面高興地唱起輕快的歌兒，斯達巴克一時之間竟不知該高興還是悲傷，他緩緩踱下艙去，準備向亞哈船長報告這件事。

艙門下透出閃爍的燈影，使氣氛顯得陰森，斯達巴克舉起手正要叩門時，忽然怔住了，許多往事一下子湧上心頭，他記起亞哈船長上回拿槍指著他的事，斜側過頭，他瞥見網架上仍然置放著那排閃亮的滑膛槍。

「他那次是想殺我。」他抽起一枝槍，在手裡把弄著，「還裝上了火藥，嗯，我應該把火藥倒掉。」另一個念頭很快蓋住原先的念頭。「不，也許我可以用這玩意兒來解救我自己。我來報告他順風的消息，可是順風到哪裡去呢？是將我們推向死亡、毀滅之路，推到摩比·迪克那裡去了，噢，我應該挽救全船水手的生命，我得把他關起來，把他像囚犯一樣押回南塔克特才對，可是誰敢這樣做呢？那比關一隻老虎還可怕，成天會聽到他的咆哮聲，還沒回到南塔克特，我整個人就會瘋掉。但是，如果我用這枝槍斃了他，我就是殺人犯，噢，那我再也見不到我的瑪莉和孩子們……」

斯達巴克的內心正陷入激烈的交戰時，睡夢中的亞哈船長突然大喊起來：

「快往後划，呵！摩比·迪克，我終於戰勝你了。」亞哈船長並沒有醒來。

斯達巴克的雙手開始顫抖，然後他頹然地放下槍，他不得不承認自己根本下不了手。他痛苦地摀住了臉，雙肩不停地抖動。最後他把槍放回網架上，雙手插入褲袋，走上甲板，找到史塔布。

「史塔布，麻煩你去叫醒亞哈船長。」他嚴肅地說道，「甲板上還有許多事要我處理。」

「哦，那我該說些什麼呢？」史塔布問道。

「你知道該怎麼說的。」

斯達巴克頭也不回地朝船舷走去，留下兀自呆怔的史塔布。

第二天清晨，暴風雨已經停歇，雖然浪濤還沈沈地翻滾著，但金色的陽光已斜斜地自海角一方射出。

亞哈船長迎著陽光佇立在船邊，不發一語，但他臉上得意的神色，好像自己是個即將凱旋歸鄉的英雄。當船隻轉個方向，把太陽拋在後面時，他也跟著轉過身子，仍是面對太陽。忽然他眉頭一皺，自言自語道：「這是怎麼回事？」然後匆匆奔到舵邊，粗聲粗氣地問道：

「現在是往哪個方向航駛？」

舵手大吃一驚，囁嚅地答道：「東南偏東，船長。」

「你在騙誰，」他一拳捶在舵手肩上，「一大早這個時辰往東行駛，太陽會被甩在後面？」

出問題了，大家第一個念頭就是這麼想，但是問題出在哪兒呢？會是太陽嗎？今兒個太陽打從西邊出來啦！

「可是，羅盤針確是這麼指著的呀。」舵手結結巴巴的解釋。

亞哈船長探頭進羅盤盒，半天説不出話來，斯達巴克伸長脖子一看，這還得了，兩只羅盤針定定地指向東方，可是「皮科德號」卻是向西行駛。

斯達巴克的臉色變了，四周的氣氛也越來越凝重，亞哈船長突然尷尬的笑了一笑。

「我知道原因了，這種情形我以前也碰到過。」他高聲説道：「是昨晚的雷電把羅盤針轉了方向，就是這樣，沒什麼奇怪的，我想你們一定也聽説過這種事情吧！」

在暴風雨的大海上，被閃電擊中的船隻，不但圓木和索具有可能被擊斷，甚至羅盤針的效能亦可能全部消失。

「嗯，可是我從未碰到過。」面色慘白的大副答道。

亞哈船長瞪著那只羅盤針，站在那兒默想片刻，然後平伸手臂，向前方直指著，在確定太陽的方位後，即高聲下令轉航，「皮科德號」又轉向逆風行駛。

儘管斯達巴克對於調轉船頭滿心不願意，但他還是悶聲不響地執行命令，而史塔布和佛拉斯克似乎亦有同感，他們也一聲不吭地照著做。水手們害怕亞哈船長已經到了超過擔心自己安危的地步，最不受影響的大概就屬那幾個異教徒的魚叉手，他們仍是那副無動於衷的樣子。

亞哈船長在搖搖晃晃的大船上吃力地邁開步子，那隻牙骨腿卻給什麼東西絆了一下，他低頭一看，是昨天被他摔擲在甲板上的象限儀零件。

「你這可憐又驕傲的東西，昨天我毀了你，今天羅盤倒來毀我了。嗯，也許我可以廢物利用一番。」他撫著下巴想了一會兒，然後向大副說道：「斯達巴克，我需要一支魚槍頭、一只大鎚子和一根最小號的縫帆針，快幫我拿來。」

斯達巴克很快便將工具送來，亞哈船長掃視眾人一遍，堅定地說道：

「夥伴們，昨晚雷電把老亞哈船長的羅盤針轉了方向，現在，只要從魚槍頭取出一點鋼來，亞哈船長就能造出一根針來，它會和任何一只羅盤針一樣準確。」

水手們帶著好奇與崇拜的眼神注視著亞哈船長的一舉一動，而斯達巴克卻把眼睛轉向別處。

新的羅盤針不久便完成，亞哈船長眼中閃動著驕傲、得意的神采，叫大家過去看個清楚，這回太陽確確實實是在東方了。

「皮科德號」在海上航行了好一陣子，由於象限儀已被砸毀了，因此被閒置許久，一直掛在後舷牆欄杆下的菱形測程器又被取出來使用。

「喂，你們哪一個過來，把測程器拋下海去。」亞哈船長叫喚前面的水手，兩個人同時走過來，「把捲線框子拿好，注意，我要拋下去了。」

年長的水手高高舉起捲線框子，亞哈船長則將線軸上放出的三、四十圈線繩繞在手腕上，準備拋入海中，這時年長的水手鼓起勇氣說道：

「船長，這些繩子已經不能用啦，經過長期的日曬水浸，它早被蝕壞了。」

「還是可以用的。你倒說說看，你經過長期的日曬水浸，難道就被蝕壞了嗎？嗯，我看你還挺管用的哪！」

「船長的話總是對的。」年長的水手嘟囔著，「到我這把年紀已經不配跟上司爭吵了，上司從來不會認錯。」

「哼，你可真會拍馬屁，好了，省省口舌，把捲線框子舉起來吧。」

測程器被拋入海裡後，翻了幾個筋斗，年長的水手費勁地抓著捲線框子，那

根曳長的繩子則拉得死緊。

「抓緊呀！」亞哈船長大吼道。

「我看情況不太妙……」

年長水手的話尚未說完，那根繃得過緊的繩子即啪噠一聲斷了，測程器也被捲入海濤中。

「我砸毀象限儀，天雷就把羅盤針轉了方向，現在瘋狂的浪潮又把測程器的繩子弄斷了。」亞哈船長望著測程器消失的地方，洩氣極了。「但是這些都難不倒我，亞哈船長都挽救得了。現在你們把線繩捲收起來，然後去找木匠重做一只測程器，再把線繩接上去。」他吩咐完畢，即轉身走開。

「瞧，他就這樣走了，倒像沒發生事情似的。」年長的水手搖搖頭，告訴另一個水手，「這些線繩看起來都快斷了，小心一點慢慢收。喂，畢普，過來幫幫忙好嗎？」

「畢普？你在叫誰呀，畢普早就失蹤了，他是從小艇跳出去的。」這個癡傻的小黑人答道：「我們試試能不能把他撈起來，哦，拖起來挺費勁的，他一定被扣住了，乾脆把他甩掉算了，我們不要拉起一個膽小鬼，啊，他的手臂露出來了，快拿斧頭來，把那隻手臂砍下來……」

「閉上你的烏鴉嘴，瘋瘋癲癲的傢伙，」年長的水手一把推開畢普，「滾到一邊去，別再到後甲板來。」

這時亞哈船長正好走過來，看到這種情形。

「小傻瓜永遠要被大傻瓜罵。」他嘟囔著，「可憐的孩子，上天讓他生下來，卻又棄他於不顧。」他向畢普伸出手，「來吧，夥伴，我們下去吧，從今以後，只要亞哈活著，亞哈的艙房就是畢普的家。」

畢普抓住亞哈船長的手。「這是什麼呀？是絲絨般的鯊魚皮呢！啊，要是畢普早些兒摸到這麼柔滑的東西，他也就不會走失了，讓我們把伯斯找來，把這一白一黑的手釘在一起，我真不願意放開這隻手呀！」

「啊，我也不願意哪，夥伴，走吧，我牽著你這隻黑手，比握著皇帝的手還更感光榮呢！」

「老天，兩個呆子終於走了。」年長的水手吁了一口氣，喃喃說道，「只是這根繩子呀，真的是不能用了，我們最好還是去弄根新的繩子來。」

15 凶兆

凌晨三點左右，天還沒有亮，三副佛拉斯克和他的水手們正在值夜班，突然一陣哀怨淒厲的聲音劃破寂靜的長空，令大家覺得毛骨悚然，就連睡夢中的人也被驚醒，有人跳下床，有人坐起身，每個人都睜大著雙眼，凝神聆聽這恐怖的狂叫聲。

「人魚！」有個水手顫抖地說道，「是人魚的叫聲。」

可是，世界上真有人魚嗎？大家你望著我，我望著你。

「一定是有人落海了。」一名資格最老的水手肯定地說道。

大家也認為有此可能，但那一定是許多人一起掉入海裡，所以那淒厲的叫聲才會這麼大聲，又持續這麼久。無論如何，水手們的心情多少都受到影響，只有那些異教徒的魚叉手完全不在乎。

然而，這件事情似乎只是個先兆。

此時「皮科德號」正朝著東南方繼續航向赤道，在赤道漁場的外圍，有一群岩石構成的島嶼，那裡棲息著大批海豹，牠們喜歡緊跟在往來船隻的後面漫游著，偶爾會發出酷似人類的哀哭聲，水手們不是很喜歡海豹，因為海豹圓圓胖胖的腦袋和一對靈活的大眼睛，常被誤認為是人。

太陽慢慢露出它的臉龐，新的一天即將開始，桅頂瞭望人也開始換班。

正當大夥兒各忙各的事時，叫喊聲自高處飄下，這回大家都聽得很清楚，有人從桅頂落入水中。

水手們迅速將一只用長形木桶做成的救生圈拋入水中，時間一分一秒地過去，那只救生圈依然在水面上漂盪著，始終沒有手自水中伸出來抓住它。約莫過了一個小時，這只被太陽曬得皺縮的木桶，即因吸入太多水而飽漲起來，跟著就沈入海裡去了。

這件意外並未引起特別的注意，大家只把它當成是災難的應驗，似乎前夜那陣恐怖的叫聲已經得到合理的解釋，但是那個最年長的水手卻抱持相反的意見。

既然少掉一個救生圈，就必須補做一個，大副奉命辦理這件事，但他並不熱衷於這種芝麻小事，只是吩咐木匠道：

「木匠老兄，想辦法做個救生圈來。」

「可是，我要去哪裡找個質地很輕的桶子呢？」木匠面露難色，煩惱地說：「這種木料不太好找，恐怕需要點時間哪！」

「乾脆不要救生圈算了，」史塔布灑脫地說道，「反正也用不著。」

站在一旁的桂奎革也忍不住發表意見。

「我想——那個可以。」他指指他那口空著的棺材。

「用棺材做救生圈？」斯達巴克怪叫了起來。

「這實在是太離譜了。」史塔克也怪聲叫道。

佛拉斯克兩眼骨碌骨碌地轉著。「好主意！」他輕快地說：「憑著木匠高超的手藝，這一定會是個最棒的救生圈。」

「好吧，看情形也沒有其他辦法了。」斯達巴克憂鬱地說道，轉向木匠，「老兄，看你的了。嗯，你別盡盯著我，多看看棺材，想辦法儘快把它弄起來。」

「沒問題！」木匠點點頭，隨後問道：「棺材蓋要不要釘牢？先生。」

「要。」

「縫隙要不要補起來？」

「要。」

「要不要上一層柏油？」

「唉，你怎麼這麼囉嗦，木匠老兄，叫你將棺材改造成一個救生圈，就這麼簡單的事，你也要問這麼多問題，我告訴你，你看著辦就是了。」斯達巴克心煩氣躁地轉過身子，「史塔布先生，佛拉斯克先生，跟我一起到前面去。」

三位副手離開了，留下兀自嘟囔的老木匠。

「哼，火氣這麼大，他呀，就是大事受得了，小事沈不住。我幫亞哈船長做隻牙骨腿，他用得像個老爺一樣神氣，我幫桂奎革做副棺材，他卻不肯躺進去，現在倒要我改造成救生圈，唉，真是白費力氣。」木匠把那口棺材搬到他工作室的艙門邊，擱在兩隻索桶上，繼續嘀咕：「我就是不喜歡幹這種補補弄弄的玩意兒，太不體面了。可是，在海上哪，誰管你呢，算了，我還是開始工作吧！」

當木匠從衣袋的大麻團中抽出麻絮仔細地填塞縫隙時，亞哈船長緩緩地從艙門口踱過來，畢普窸窸窣窣地跟在他後面。

「孩子，你別老跟著我，自個兒去玩吧！」然後他看到木匠和那口棺材了。

「啊，這是幹什麼來著？」

「救生圈，先生。」木匠解釋道，「是斯達巴克先生吩咐做的。」

「喲，你竟把這口棺材放在地洞旁邊。」

「你說的是艙口嗎？不錯，我只能放在這兒，因為……」

亞哈船長銳利的雙眼一直盯著木匠，然後忽然叫道：

「咦，你不就是那個幫我做腿的人嗎？」他揚起那隻牙骨腿，「你看看這玩意兒，可不就是你出品的嗎？」

「還好用吧，先生？」

「嗯，挺不賴的！」亞哈船長說道，「不過，我還不曉得你也兼做殯儀館的生意呢！」

「噢，不是這樣的，我只是奉命行事。」木匠急忙解釋，「這本來是做給桂奎革用的，現在他們又叫我改成別的東西。」

「你真能幹呀，今天做腿，明天做棺材，後天又把棺材做成救生圈，呵！真是個萬能先生。」

「先生，我沒有這個意思，我只是……」

亞哈船長把手一抬，阻止木匠繼續說下去。

「你繼續做吧，我最好到下面去，希望我再上來的時候，不會再看到這個礙眼的東西。」他一瘸一拐地離開，臨下樓梯時，還喃喃自語著：「木匠哪，行行好，別再發出那要命的聲音了。」

第二天，又是個晴空萬里的豔陽天。

在「皮科德號」上，可以清楚看到一艘名叫「拉吉兒號」的大船正朝著這方向急駛而來，令人驚訝的是，它的每一枝桅、桁等圓木上，都密密麻麻聚著眾多的水手。

「皮科德號」原本是乘風破浪往前行，然而當那艘張著大帆的船一駛近，它鼓脹的風帆就像漏氣的皮球一般倏地皺縮了。

「啊，不好的現象，」最年長的水手自語道，「它一定帶來壞消息。」

「拉吉兒號」的船長手裡拿著號筒，還來不及自他的小艇站起身，亞哈船長就迫不及待地大聲詢問：

「有沒有看到白鯨？」

「看到了啊，就在昨天。」對方很快地回答。

亞哈船長幾乎要樂昏過去，他正想邀請對方上船時，對方又問道：「你們有沒有看到一艘迷失的小艇？」

「沒有。」亞哈船長答道。

「拉吉兒號」的船長似乎比亞哈船長還要心急，他迅速從船舷滑下，使勁地划了幾下，他的艇鉤立即搭住亞哈船長的大錨鏈，然後他一個縱身，躍上甲板，亞哈船長馬上認出對方，原來他也是南塔克特人。

「卡迪納船長。」

既然是舊識，所有的寒暄、客套也就全免了。

「牠在哪裡？」亞哈急促地問道，「那條白鯨還沒被打死吧，嗯？到底怎麼了？」

「就在前天傍晚，我們放下三艘小艇全力追擊一群大鯨，正當我們朝著上風急追時，摩比·迪克耀眼的白色背峰和頭顱忽然從下風不遠處的海裡冒出來，於是第四艘小艇也跟著被放下，那是我們速度最快的小艇，他們順風去追那條白鯨。根據桅頂上的人說，那條巨鯨被拴住了，他看到小艇變成一個小黑點，然後一陣浪花，就什麼都不見了，看情形，那艘小艇是被受傷的巨鯨拖走了。當晚上風的三艘小艇都平安回來，『拉吉兒號』也駛向下風去找那艘迷失的小艇，可是找來找去始終沒有小艇的下落。」卡迪納船長說到這裡，臉色益發蒼白，他頓了一下，繼續說道：「我到貴船來的目的，是希望你們能夠協助我們一起尋找那艘迷失的小艇，我們兩艘船相隔四、五哩，平行並進巡弋一遍。」

在捕鯨旺季裡，這個提議好像不太合乎常理，兩艘捕鯨船為了一艘迷失的小艇而巡弋！

「請恕我直言，」亞哈船長的臉沈了下來，「一艘小艇有這麼重要嗎？」

「亞哈船長，你不知道，我兒子在那艘小艇上呀！」卡迪納船長沈痛地說道，「看在上帝的份上，我請求你幫我這個忙。」

亞哈船長冷冷地搖頭。

「他的兒子！」史塔布叫起來，「他的兒子失蹤了，啊，我們一定得去救那孩子。」

「他一定是在昨晚和別人一塊兒沈下去的。」那個最年長的水手說道，「我們大家聽到他們靈魂的呼喚。」

「那麼，把這艘船租給我四十八小時，我願意付你船租。」卡迪納船長懇切地哀求著，「請你務必答應我。」

可是亞哈船長仍是一副冷冰冰的態度，絲毫不為所動。

「你一定以為失去一個兒子沒有關係，亞哈船長。」卡迪納船長繼續説道，「但是你可曾知道，我的另一個兒子也在另一艘追擊大鯨的小艇中落水失蹤了，上帝可憐我，他才十二歲哪。我實在不想提起這些，因為這都是我的錯，我不該把這麼小的孩子帶到船上來，但我也是希望他們能夠先瞭解捕鯨的生活，有朝一日繼承我的衣缽，唉，或許我太心急了。」這個悲傷的父親，幾乎要落下淚來。

「你請吧，卡迪納船長，這個忙我幫不上。」

「除非你答應我，否則我是不會走的。」卡迪納船長激動地叫道，「請你設身處地想一想，如果換做是你，你也會要求我幫助你呀，亞哈船長，你也有兒子，你該瞭解一個父親的心情，請你答應吧。好了，伙伴們，準備調轉船頭吧。」

「慢著！」亞哈船長吼道，「一根繩子都不准碰。卡迪納船長，我已經很明白地告訴過你，這事我不幹，我還有更重要的事要辦，你已經浪費我不少時間，現在，再會了，願上帝保佑你。」他站起身，「斯達巴克先生，給你三分鐘時間送客。還有，這艘船要按照原訂計畫行進。」

卡迪納船長怔怔地望著亞哈船長的背影，心中頗不是滋味，他沒想到自己誠摯的要求，竟會遭到如此無情的拒絕。他忽然回過神來，悶聲不響地迅速走到船邊，縱身躍入他的小艇，回到「拉吉兒號」。

然後，兩艘大船朝著不同的方向駛去。由「拉吉兒號」彎來彎去的航駛情形來看，他們仍未放棄尋找失蹤小艇的希望。

「皮科德號」上的氣氛越來越低沈，一向樂天的史塔布也不再強作歡笑，甚至連平日瘋瘋癲癲的畢普，好像也感覺到某種不安。

這天，當亞哈船長準備上甲板時，畢普跑到他身邊，拉起他的手，要跟他一起走。

「去玩你的，孩子，別老跟著亞哈，亞哈絕不會扔下你不管的。」亞哈船長耐心地勸道，「你可以留在艙裡，他們會服侍你，把你當作船長，嗯，如果你高興，也可以坐在那張牙椅上。」

「不，不，先生，你並不是一個身體健全的人，你可以把我當作你失去的那條腿來用，你儘管踩在我身上，我就是你身體的一部分哪。」

「難得人類中還能找到這麼忠誠的人，而且還是一個黑人——一個瘋子。」

亞哈船長帶著感慨的眼神盯著畢普，自語道。

畢普又開始説道：「我聽説史塔布曾經拋棄過可憐的畢普，他早已化成一堆白骨了，先生，我絕不會像史塔布拋棄畢普一樣的拋棄你，噢，我得跟你一起走。」

「你再在我旁邊嘮嘮叨叨，我就沒法做事了，你這樣是不行的。」

「啊，主人呀！」畢普啜泣起來，喃喃唸道：「主人！主人！」

「你再哭，我就宰了你，當心點，亞哈也是個瘋子。」亞哈船長有些冒火了，但他很快就把怒氣壓抑下來。「好了，好了，你只要聽到我的牙骨腿敲擊在甲板上的聲音，就知道我在上面，現在，你不怕了吧，不會有事的，我得上去了，願上帝保佑你。」

無論日夜，水手們只要跨上甲板，都可以看到亞哈船長不是站在鏇孔裡，就是在主桅與後帆之間踱來踱去，再不便是站在艙旁的升降口上，他的帽簷總是垂得低低的遮住眼睛，誰也不知道那對鋭利的雙眼此刻是瞄向哪裡。

瘦弱的費達拉也越來越陰沈，在大家的眼中，他只是個會走動的影子，他整日待在一處，從不坐下，甚至俯仰一下，連亞哈船長看到他，眼中都會呈現和水手們一樣的懼色。

他們都在嚴密的守望，有時亞哈船長站在艙口，費達拉站在主桅邊，但是兩人難得講上一句話，即使偶爾交談一兩句，也盡是毫不相干的話題，到了夜裡，兩人更成了啞子，彷彿無視於彼此的存在。他們始終隔得遠遠的站著，在那些驚惶的水手看來，這兩個人倒像是各據一方的兩根桿子。

漸漸地，亞哈船長好像成了準點的報時鐘，每天只要晨曦初露，水手們就會聽到他莊嚴宏亮的聲音：「上桅頂去！」然後過了一個時辰，那個莊嚴的聲音又傳過來：「你們看到了什麼？要留意，留意！」

在遇到「拉吉兒號」後的三、四天，一次噴水都沒發現，亞哈船長逐漸失去耐心，他似乎開始懷疑水手們的忠誠度，猜疑他們是否故意忽略他全力搜尋白鯨的命令？但他很巧妙地不動聲色。

「我要成為第一個發現白鯨的人。」他大聲宣布，「不錯，亞哈注定要拿到那個金幣。」

他親自用繩索盤起籃子似的帆腳索窠，差人帶著小滑車爬上主桅，綁在頂上。繩子的兩端自上方拋了下來，他把一端綁在籃子上，另一端執在手上，深沈的目光掃過水手們的臉，落在那幾個異教徒身上良久，避開費達拉，最後嚴肅而

堅定地向大副說：

「斯達巴克，請握住這根繩子，我親手把它交給你。」

這根繩子最後是要綁在栓子上，再釘在欄杆上，為了避免哪個粗心大意的傢伙撞鬆繩結，使上面的人落入水中，所以斯達巴克必須守在繩子旁邊。

至於亞哈船長為什麼會選擇這個唯一敢隨時反對他決定的人，甚至被他懷疑是否忠誠瞭望的人來作他的看守人，則沒有人知道。

亞哈船長坐進籃內，慢慢吊升往瞭望崗，遼闊的大洋景色盡收眼底，就在他忙著東瞧瞧、西望望的當兒，飛來一隻凶殘的紅嘴海鷹，這種鳥最喜歡在捕鯨船桅頂瞭望人的四周兜來轉去，牠有時直衝天際，有時俯衝下來，叫聲吵雜尖銳，令人厭惡。

此刻亞哈船長正全神貫注凝望著遠方，完全不去注意這隻海鷹。忽然後帆頂上的水手叫了起來：

「你的帽子，船長，注意你的帽子！」

說時遲那時快，那隻海鷹已俯衝到亞哈船長前面，用長喙銜住他的帽子，長嘯一聲，沖天而去。

曾經有這麼一個傳說，有一隻鷹繞著一個羅馬人的頭頂飛了三圈，銜走他的帽子後又放回去，他的妻子見狀，便預言以後他一定會登上王位，後來他果然當上羅馬王。這之所以被認為是個好兆頭，是因為那個人的帽子雖被銜走，但最後又被放回原處，可是亞哈船長的帽子卻沒有再回到他的頭上。每個人眼巴巴地看著海鷹越飛越遠，在遙遠而模糊的前方，似乎有個小黑點自高處落入海中。

「皮科德號」像緊繃著的弦，向前疾馳，掛在船梢那個由棺材改造而成的救生圈也盪個不停，這時他們又遇見另一艘捕鯨船「喜悅號」。

這真是一艘可憐的船，跟它的名字完全不合。通常捕鯨船的剪腳起重機都是放在後甲板上，主要是用來吊起未裝索具的備用小艇，可是「喜悅號」上剪腳起重機吊著的，卻是破爛不堪的捕鯨小艇，那些殘餘的肋材和斷裂的船板，令人慘不忍睹。

「有沒有看到白鯨？」亞哈船長每次碰到陌生的捕鯨船，總會問同樣的問題。

「這就是答案。」那個兩頰削瘦的船長，指著那艘破艇答道。

「你們殺死牠了嗎？」

「能夠殺死牠的魚叉還沒打造出來呢！」對方船長悶哼一聲，然後面色凝重地側頭望向甲板上被幾個水手團團圍住的吊鋪。

「還沒打造出來！」亞哈船長抽出他那支特製的新魚叉，高高舉起，「你看到沒有，南塔克特人，我手裡拿著的，就是能置牠於死地的武器哪！」

「好吧，但願上帝能夠保佑你。」對方輕歎一口氣，憂鬱地說：「不過我得告訴你這個事實，我們五個優秀的水手，在昨天白天個個都還身手矯健地追擊著大鯨，可是不到晚上五個就都死了，我們只埋葬得了一個，其餘的全給活埋了。」他轉向水手們，「都準備好了嗎？好，把屍體抬上來……」

亞哈船長立刻看出情況不對勁，他即刻大叫道：

「轉起帆桁，轉舵迎風！」

「皮科德號」迅速轉向，往前衝去，但是卻來不及閃避那具投入海中的屍體所引起的潑濺聲。

「哈哈，大夥兒快來瞧瞧！」當「皮科德號」駛離時，「喜悅號」上的水手莫不笑得東倒西歪，他們看到那個掛在船梢的怪異救生圈，「喂，你們這些傢伙，急著逃避我們的葬禮，可是才一轉身，就讓我們瞧見你們的棺材啦！」

晴朗、明亮的穹蒼下，放眼望去，碧波萬頃，但是平靜的海面下，卻是暗潮洶湧，無數巨鯨、劍魚、鯊魚等具強烈攻擊性的動物，不斷來往穿梭，這也是赤道地方的特色。

亞哈船長倚在船側，眉頭深鎖，那對黑得像煤炭似的眼睛此刻瞇得緊緊的，他好像完全沒有感受到赤道輕暖的海風與光彩奪目的天空，只是兀自想著心事。不曉得過了多久，一滴淚水自那低垂的帽簷下落進海中，小小的漣漪很快擴散、擴散，然後消失了。

斯達巴克早已注意到亞哈船長不尋常的沈默，雖然他一直避免與亞哈船長接觸，也很謹慎地儘量不去打擾他，但是看到亞哈船長沈重地倚在船側，他的惻隱之心油然而生，或許這老頭想找個人傾訴一下，於是他走過去，站在亞哈船長身側。亞哈船長緩緩轉過頭，「斯達巴克。」

這一刻，他顯得如此蒼老、無助，斯達巴克的心情頓時激動起來，他低喚一聲：「船長。」

「啊，斯達巴克，就在這麼個有和風、晴空萬里的日子裡，我打中生平第一條大鯨，那年，我只是個十八歲的小魚叉手。」亞哈船長深深陷入往事的回憶中，他的目光飄向遙遠的天際，聲音沙啞地繼續說道，「四十年了。我在這無情的大海上整整度過四十個寒暑，終日與大海搏鬥，過著與世隔絕的生活，成天吃的是醃製的食物，有時我想，我的靈魂怎麼不會就此風乾呢？過了五十歲我才跟那位年輕的女孩結婚，第二天，就出海到合恩角去了，唉，有時我竟覺得那個女孩挺可憐的，為什麼她會嫁給瘋狂的老亞哈。我真的是老了，我覺得很疲憊，我是應該休息了，可是牠奪走我的這條腿，叫我怎能甘心呢？斯達巴克，你過來，讓我瞧瞧你的眼睛，在你的眼睛裡，我可以看到我的妻子和孩子。啊，你一定要留在船上，當我下海去追擊摩比．迪克時，你千萬不能下去，那不是你該冒的險。」

「船長，啊，我的船長，你有高貴的靈魂，寬廣的心胸，我們轉航吧，不要再去追擊那條可恨的白鯨了，讓我們回家去吧，斯達巴克和你一樣也有妻子和孩子，要是我們現在就能回到南塔克特，那該多麼令人興奮，在南塔克特一樣也有溫煦的和風和蔚藍的天空呀。」

「是的，我幾乎可以看到我那可愛的孩子，這時候他應該午睡醒來了，他母親一定會這樣告訴他，他的船長父親很快就會回來陪他一塊兒玩。」

「我的瑪莉也是這樣。」斯達巴克熱忱地接道，「她每天一大早就帶著我的孩子到山坡上去看他父親的大船。親愛的船長，我們轉航吧，你有沒有看到那孩子可愛的臉龐正映在窗子上，他在山坡上向我們招手了。」

可是亞哈船長並未理會斯達巴克話中的寓意，他自顧自地叨唸著心事，斯達巴克甚至不知道他在說些什麼？很顯然地，亞哈船長是不會回心轉意了，大副的臉色因失望而變得蒼白，終於悄悄轉身離去。

亞哈船長發洩完畢，心情平靜了許多，他轉過身，想要到對面船側去察看一下，但是被一對利刃般的眼神嚇了一跳，費達拉黑色的身影正一動也不動地倚在船側欄杆邊。

16 追擊白鯨

夜風中傳來一股特別的氣味，經驗豐富的人都知道，那是活的抹香鯨在遠處發出的氣息，頃刻間所有的值班人都聞到了。大家迅速檢查羅盤針，再看一下風信器，確定氣味的來源後，亞哈船長立即下令收帆轉航。

黎明時分，正前方的海上出現奇景，一條筆直、光滑而悠長的白浪劃破蔚藍的海面，它的周圍似乎還有點點的漣漪。

亞哈船長大聲下令：「準備爬上桅頂，召集全體人手。」

大個兒拿起木鎚，將水手艙的甲板敲得咚咚作響，睡夢中的人全被驚醒，大家一陣慌亂，以為發生什麼事情，立即手忙腳亂提起衣服衝出艙外。

「你們看到什麼了嗎？」亞哈船長仰著臉望向桅頂上瞭望的人叫道。

「什麼也沒看到，先生。」

「上桅——副帆，前後兩邊都收上去。」

所有的帆都收上了，亞哈船長把救生索解下，他要親自上桅頂，大家七手八腳幫他升了上去，才升到三分之二的高度，就聽見亞哈船長尖叫道：「牠在那邊噴水啦！——牠在那邊噴水，像雪山一樣的背峰，沒錯，那就是摩比．迪克。」

這時，亞哈船長已經升到最高處，塔斯蒂哥站在他下側的上桅頂上，他的視線也被正前方幾哩外的巨鯨吸引住，浪潮每一翻騰，就可以看到那閃亮的背峰，和定時朝空悄悄噴出的水柱。

「剛才難道沒有人看到牠嗎？」亞哈船長對桅頂上的人叫道。

「我幾乎是跟船長同時看到牠並呼叫起來的。」塔斯蒂哥回答道。

「不是同時，絕不是同時，那個金幣是我的啦！命運之神把那個金幣留給了我，沒有人比我先發現這條白鯨，看，牠又在噴水了，牠又在噴水啦！——」

亞哈船長激動的高喊：「牠要鑽進水裡去了，快收起副帆，放下上帆，三艘小艇準備。斯達巴克，你留在船上。注意舵呀！稍微貼近風向行駛。喂，別慌！牠又在噴水啦！小艇都準備好了嗎？斯達巴克，放我下來，快些——再快些。」說畢，人已從空中滑到甲板上。

「牠已經游向下風了，船長。」史塔布叫道，「快要離開我們了，牠還沒有看到我們的船哩！」

「閉嘴！」亞哈船長不耐煩的吼道，然後急促地下著連串命令，「喂，準備好轉帆索，扳住舵——撐住帆桁，滾起滑車輪，——滾起滑車輪，好，行了——小艇，小艇。」

除了大副斯達巴克的小艇外，其他的小艇都被放下水，槳子拍擊著水，亞哈船長一馬當先，迅速向下風駛去。而費達拉凹陷的雙眼，卻閃著一層灰濛濛的死光，他緊咬牙齒，神情教人害怕。

三艘小艇無聲無息的穿過海面疾馳而去。

平靜無波的海面上，那個巨大的背峰在陽光下閃閃生輝，牠輕巧地在水面滑行，不斷噴出一圈圈綠色的泡沫，人們看不到牠壯碩的身軀，也看不到牠扭曲嚇人的嘴巴，頃刻間，牠的前身從水裡冒出來，大理石般光潔的身子凌空躍起，有如高聳的拱門，並且警告似地揮動著牠那旗幟般的裂尾，倏地鑽入水中不見了。

三艘小艇都把大槳直豎，小槳放下，鬆一鬆小風帆，靜靜地等待摩比．迪克再度出現。

時間一分一秒過去，亞哈船長像生了根似地一動也不動的站在小艇前端，眼睛掃過大鯨潛下去的地方，又望向下風處迷濛的海面，他看不出海裡有什麼動靜。一大群白鳥排成一長列縱隊，朝亞哈船長的小艇飛來，飛到相距幾碼遠的地方，便鼓躁起來，盤來盤去不停打轉。

亞哈船長突然看到海面上出現一個會動的小白點，正迅速往上冒，越冒越大，等牠一轉身，兩排彎曲閃亮的牙齒清楚地顯露出來，亞哈船長用舵槳向斜側一划，小艇轉個彎，避開了這條可怕的精靈，他與費達拉調換位置，手裡緊緊抓著那支特製的魚叉，命令船員向後划去。

小艇迅速一轉，船頭正好與鯨頭相對，巨鯨好像洞悉這個計謀，立即打斜轉了一個身，就在艇下抬起牠那帶有皺摺的腦袋，小艇立刻震顫起來，摩比·迪克一口咬住船頭，此時，牠閃亮的大嘴，與亞哈船長的腦袋相距不到六吋，然後牠開始搖晃小艇，好像貓兒在嚇唬老鼠，水手們全被嚇慌了，而費達拉則交叉著雙臂，目不轉睛地望著這一切。

亞哈船長又氣又急，巨鯨的身子沈在小艇底下，他那支特製的魚叉根本無用武之地，於是他狠命扳住白鯨長長的牙齒，要把它扭彎，以便逃脫，白鯨的下顎一滑，嘴巴像銳利的巨剪，向後一閃，這艘小艇便斷成兩截，亞哈船長也被震落到海上，巨鯨把嘴閉上，朝兩片漂浮的殘艇中間游去。

摩比．迪克似乎非常憤怒，長方形的白頭筆直地在波濤中浮沈著，然後再將滿是皺紋的巨額躍出水面二十餘呎，復仇似的把水柱高高地噴向天空，頃刻間牠又恢復平游的姿勢，在狼狽的水手四周迅速地游來游去，並不時用尾巴攪動浪潮，彷彿想再發動一次更厲害的攻擊。

跌落海中的亞哈船長快被鯨尾掃起的泡沫悶死了，他無法游泳，只能保持身子不沈下去，費達拉在殘艇上沈靜而漠不關心地望著他，而其他水手則緊緊抓著飄來晃去的殘艇，自顧不暇，雖然其他小艇毫無損傷，但是眼見巨鯨在那兒快速不停的繞著圈圈，也不敢冒險衝到渦流裡去營救他們。

在大船桅頂上的瞭望人，把這一幕看得一清二楚，船上的人弄平帆桁後，就直駛現場，亞哈船長從浪濤中掙扎叫道：「駛向巨鯨，把牠趕開！」「皮科德號」加速衝過去，隔開白鯨及受困的人，當白鯨悻悻地游開時，其他小艇飛快地划過去救人。

亞哈船長被抬進史塔布的小艇，雙眼佈滿血絲，額上的皺紋都凝結著塊塊白沫，經過一陣激烈的生死搏鬥，他的體力耗盡，堅毅的亞哈船長此時也不得不對他的身體狀況認輸，蜷縮在小艇上，發出低沈而難以形容的哭聲。

過了不久，亞哈船長已能克服他錐心的痛苦，他半支起身子。

「魚叉，」他問史塔布，「沒有出毛病吧？」

「沒有，船長，它還沒有用過。」史塔布晃晃那支魚叉。「喏，在這裡。」

「放到我面前來。」他虛弱地說道，「有沒有人落水失蹤？」

史塔布計算一下。「一共五枝槳，五個人都在這裡，船長。」

「很好，扶我一把，我要站起來。」亞哈船長才站起身，又看到讓他血液奔流的對手，他大聲叫嚷：「我看到牠了，你們快看，牠還在往下風游去，瞧那噴水跳得多高呀！」他掙脫史塔布的扶持，大聲下達命令：「收帆，把槳伸出去，轉舵向風。」

「皮科德號」把小艇吊到船側，所有的帆都高高堆起，只有副帆斜張，開始緊追摩比．迪克。

桅頂上的人定時報告白鯨的噴水狀況，每當報告牠剛沈下去時，亞哈船長就把時辰記下，他手裡拿著羅盤表，在甲板上踱來踱去，偶爾問一聲：「看到白鯨了嗎？」

如果答案是否定的，他就立刻叫人把他升到可以瞭望的地方。

一天就這麼過去了，亞哈船長有時高高在上，動也不動，有時又心緒不寧地在甲板上走來走去，到了傍晚時，他的臉上悄悄添上一層憂鬱的神色。

史塔布看到亞哈船長停下來，便走上前去，眼睛瞪視著那艘破艇，大聲說：「這是連驢子也不吃的薊，因為會把牠的嘴巴戳壞，哈哈！」

「對著一艘破艇嘲笑，這個沒良心的傢伙，如果我不知道你是勇敢得像毫無畏懼的火神，我就斷定你是個膽小鬼。在一艘破艇面前雖然不該唉聲嘆氣，但也不該大聲嘲笑。」亞哈船長把史塔布訓了一頓。

「不錯，船長，」斯達巴克也挨近來說：「這真是一個莊嚴的景象，一種預兆，也是一種不祥的預兆。」

「預兆？預兆？」亞哈船長不耐煩的咆哮著：「翻開字典看看，如果神明想對人類坦白說話，他們就會堂而皇之的說出來，既不搖頭，也不婆婆媽媽地說些陰陽怪氣的暗語，滾開，你們兩個，正是一件東西的兩極，斯達巴克是史塔希的反面，史塔布又是斯達巴克的反面，你們兩個都是人，亞哈船長孤零零地置身熙熙攘攘的人間，神明也好，人類也好，都不是他的鄰居。」亞哈船長非常激動，說完他感到有些冷，然後又向桅頂上的人叫道：「上邊的人呀，你們看到牠了嗎？即使牠一秒鐘噴十次水，你們每看到一回，就通報一聲。」

天色漸暗，可是那幾個瞭望人仍然留在上面，沒有下來。

「船長，天太黑了，現在就是噴水也看不到啦！」空中傳來喊叫聲。

「最後看到牠是朝哪裡去的？」

「和以前一樣，直往下風游去。」

「好，天黑了，牠會游得慢些。」亞哈船長自言自語著，又吩咐卸下上桅帆和上桅副帆。他走到釘著金幣的主桅前。「這個金幣是我的了，可是我還是要讓它留在這裡，等到打死白鯨才取下來。不過，在結束牠的那天，你們哪個先發現牠，這個金幣還是歸那個人；如果在那一天又是我發現牠，我會拿出十倍的錢來讓你們分。」

第二天黎明，三枝桅頂換上新的人瞭望，亞哈船長仍然不時探出頭來詢問白鯨的下落。

「皮科德號」像箭矢般猛向前衝，在海面劃下一道深溝。

「哇哈，真了不起！」史塔布忘形地大喊：「這艘船和我都是勇敢的傢伙，有誰把我舉起來，脊柱一放，駛到海上去，我的脊骨就是一根龍骨呀，哈哈，我們駛得這樣輕快，連背後都一塵不揚！」

桅頂上的人叫喊了起來。「牠在噴水了，牠在噴啦！就在正前方。」

「對呀！」史塔布叫道：「我很清楚，你逃不掉啦！巨鯨呀，你儘管噴、儘管游吧，瘋狂的惡魔正親自追趕著你哪！吹起你的喇叭，鼓起你的肺吧！亞哈就要阻斷你的血液，就像磨坊主人在溪流上關住水閘。」

瘋狂的追擊，使得水手們情緒沸騰，這些人幾乎凝成一個個體，全力追逐那隻如飛的巨鯨。

桅頂有如高高的棕櫚樹頂，所有的圓木上都載滿了人，每個人無不窮極目力去搜尋那條也許會把他們毀滅掉的東西。

在第一聲呼叫後又過了幾分鐘，再沒有聽見叫聲，亞哈船長忍不住大聲喝問：「如果你們看到了牠，為什麼不叫出來呢？」隨即叫人將他拉上去，嘴裡還不停的說：「你們全上當了，摩比．迪克絕不會只噴了一口水後，就消失無蹤。」

亞哈船長的話才剛說完，白鯨巨大的身軀就湧現眼前，這次這條抹香鯨不是平靜而傲慢的噴水，而是極為奇妙的跳躍著，牠從海裡冒出來後，便狂捲浪濤地躍向空中，好像在向「皮科德號」下挑戰書。

「摩比．迪克，向著太陽來次臨終的跳躍吧！」亞哈船長叫道，「你的時辰和你的魚叉已經近在眼前了。」

亞哈船長把桅桿上的人統統叫下來，隨即下令放下小艇，大船仍由斯達巴克看守。

這次摩比．迪克似乎要給他們一個迅雷不及掩耳的驚悚，牠先發動攻擊，身子一轉，就朝著這群水手游衝過來。

「先打巨鯨的要害，直衝牠的額頭。」亞哈船長告訴水手們。

在一定的距離內，採取這種動作，可以避免巨鯨的斜擊，可是在尚未達到那麼接近的距離前，白鯨即狂暴地翻騰起來，牠張大嘴直衝向小艇，那根皮鞭似的尾巴晃來晃去，顯出殺氣騰騰的氣勢，牠完全不理會自每艘小艇投射而來的槍矛，似乎一心一意要把這些小艇的每一塊鉛板都打散才甘心。

小艇被水手們巧妙地操縱著，不停地旋來轉去，像戰場上訓練有素的戰馬，三艘小艇雖然暫時避開了這個惡魔，然而與牠始終只有一板之遙，而亞哈船長恐怖的叫喊聲響徹雲霄，把其他水手的叫嚷聲全壓下去了。

有幾支魚叉插中了巨鯨，牠翻來覆去想擺脫繩索，結果繩索全部糾纏在一起，亞哈船長的小艇首當其衝，被巨大的力量打旋，他當機立斷，揮刀切斷繩索，這時白鯨突然向另外纏結的繩索衝過去，兩艘小艇猛然翻滾相撞，雙雙沈入海裡，頃刻間，水手們全部翻入浪濤中，大家急忙伸手就近抓住各種漂浮的東西，佛拉斯克側身極力避開鯊魚可怕的嘴巴，史塔布則大聲呼救。

在此同時，亞哈船長未毀損的小艇突然被擎向空中，白鯨似箭般又從海裡筆直躍起，牠寬大的前額朝艇底猛然一頂，小艇被射入空中，翻轉落入海裡。

巨鯨似乎心滿意足，牠用尾巴用力拍擊浪潮後，就敏捷地竄入水中，後面拖著一串糾纏的繩索，繼續朝下風游去。

「皮科德號」看過整個戰鬥場面後，又駛過來，放下小艇，把漂浮的水手、索桶、划槳等所有能撿到的東西，順利地拖上甲板；滿面愁容、緊攀著殘艇碎片的亞哈船長被扶上甲板後，大半個身子倚在斯達巴克的肩膀上，他的牙骨腿已經斷了，只剩下又短又尖的一小截。他虛弱的說：

「唉，斯達巴克，有時候，靠一靠倒也挺舒服的，不管靠著的是誰，但願老亞哈能多靠一會兒。」

這時，木匠走上來告訴亞哈船長：「那個箱子不行了，船長，那條腿可花了我不少工夫呢。」

「我想，骨頭應該沒有折壞吧？」史塔布關切地問道。

「哼！全都粉碎了，史塔布，你看到了吧。不過，就算骨頭全折斷了，老亞哈還是不會動心，我對我身上的任何一塊骨頭，就像我對失去的腿一樣，一點兒也不放在心上，白鯨也好，人類也好，魔鬼也好，都傷不到老亞哈的身體。你們想想，子彈碰得到海底，然而桅桿戳得穿天空嗎？」亞哈船長又轉向桅頂瞭望的人。「喂，上邊的人，牠朝哪個方向游走了？」

「停在下風啦！船長。」

「那麼，轉航當風，再加帆呀，看船的人，把所有的備用艇都放下來，裝配起來。」亞哈船長似乎忘了自己的痛苦，「斯達巴克，你去把小艇的水手都集合起來。」

「讓我先扶你到舷牆那邊去吧！」

「唷！」亞哈船長大叫起來，「這隻殘腿現在刺得我好痛呀！真倒楣，所向無敵的船長竟會有這樣膽小的大副。」

「船長！」斯達巴克不滿地說。

「朋友，這是我的身體，不是你的，幫我拿個什麼東西來當拐杖用吧，嗯，那根爛魚槍就行了。把人集合起來，咦？我真的還沒看到他，老天保佑，不要發生事情才好。」

亞哈船長的猜想沒錯，大家集合之後，果然不見費達拉。

「費達拉——」史塔布忽然叫起來，「他一定被絆在——」

「死神找上你啦！」亞哈船長十分著急，「你們趕快到處找一找，不會找不到的。」

可是，大家找遍全船，就是找不到費達拉。

「錯不了的，船長。」史塔布說：「是被你的繩索絆住的，我好像看到他被拖下去了。」

「我的繩索！我的繩索？去了，他被拖下去了，」亞哈船長瞪大了雙眼，狂亂的說：「你這話是什麼意思，我的魚叉是插在白鯨身上的呀！大家都去準備小艇，我非宰了牠不可。」他又轉向桅頂瞭望人，「上邊的人，釘牢牠呀！」

「老天，你只要親自看一看就夠了。」斯達巴克叫道：「船長呀，你永遠也捉不到牠的。蒼天在上，不要再執迷下去了，那比惡魔發狂還可怕呢！追擊了兩天，損失了兩艘小艇，你這條腿又被奪走了，你的厄運總算過去，所有善良的天使都警告過你了，你還要些什麼呢？難道我們非得追擊這頭鯨直到我們連一個人都不剩嗎？難道我們就得被牠拖到海底去嗎？難道我們就得被牠拖到地獄裡去嗎？啊，再追擊牠就是不信神明，冒瀆神明了。」

亞哈船長冷靜地望著他的大副，緩緩說道：

「斯達巴克，你知道嗎？你那張臉，在我看來，就跟這隻手掌一般——一片空白，既無嘴巴，也無臉相，而亞哈卻始終是亞哈，朋友，這件事就是既定不變的天意，也是你我尚未出生以前就已經注定的了。你明白嗎？我就是命運之神的使者，我是奉命行事，而你只是我的部屬，所以你必須聽從我的命令。你們看到一個老頭兒只剩下這麼一個樁頭，倚著一根爛槍，撐著孤零零的一條腿，可是亞哈的精神卻永遠不朽。雖然我感到筋疲力竭，就像狂風中拖著一艘折桅斷桿的巡洋艦的繩索一樣，可是在我這根繩索沒有斷掉以前，你們還是會聽到我的吶喊聲，但是你們也該明白，亞哈的大纜索還拖著他的獵物呢！你們都相信那種叫做預兆的東西吧，任何東西在淹死前，都要浮上來兩次，等到第三次浮上來後，才會永遠沈下去。摩比·迪克就是這樣，牠已浮上來兩天了，明天牠還會浮上來一次，你聽清楚，牠還會浮上來一次，只是這次牠是上來噴牠的最後一口水罷了。告訴我，你們還有勇氣嗎？」

「我們全都無畏無懼。」史塔布嚷道。

「就像個傻瓜一樣。」亞哈船長嘟噥道。

當大夥兒都向前面走去的時候，亞哈船長忽然站住了，喃喃自語道：「竟然有預兆這玩意兒，費達拉……真的先走了，但在我完蛋以前還會看到他，這是怎麼回事？我實在想不透，但我一定會解開這個謎。」

暮色四合，朦朧中仍可看到巨鯨在下風的地方。木匠頂著燈籠微弱的光線，連夜用破艇的龍骨替亞哈船長再做一條新腿。

火紅的太陽悄悄自東邊升起，又是晴朗的一天。這也是「皮科德號」追擊白鯨的第三天，亞哈船長從黎明開始，就不時詢問巨鯨的下落。

「什麼都沒看到，船長。」桅頂的人答道。

「什麼都沒看到！嗯，怎麼會這樣？難道大船駛過了頭，跑到摩比·迪克的前面？現在反而變成牠在追擊我了，怎麼搞成這樣了？」他想了一會兒，忽然仰頭大嚷：「調頭！喂，除了桅頂瞭望人，大家都下來，準備轉帆索。」

大船轉了向，開始吃力地頂風前進。

「現在是頂著風，要駛到那張大嘴裡去了。」斯達巴克把轉帆索繞在欄杆上，煩惱地自語道，「我已經感覺到情況有些不太對勁了，願上帝保佑我們。」

亞哈船長緊繃著神經，親自登上桅頂察看，一個時辰又一個時辰過去了，金色的太陽已逐漸偏斜，摩比·迪克依舊行蹤杳然。

最後，終於在上風三個方位角的地方出現噴水，三根桅頂立刻發出三聲尖叫。

「摩比·迪克，這是第三次，我們是真的卯上了。」亞哈船長兩眼直瞪著前方噴水的地方，喃喃說道。這時，他忽然想起費達拉的預言，他先走了，但是他們還會再見一面，可是，在哪兒相見呢？幾艘小艇先後被放下去了，大副站在甲板上，手中抓著一根滑車索，準備將亞哈船長降下去，這時，亞哈船長突然向他揮揮手，要他且慢。

「斯達巴克，」亞哈船長語重心長地說道，「在這趟航程中，這是我的靈魂之船第三次出發。」

「你是一直要這麼做的。」

「有些船離開港埠後，就再也沒有回去，有些人陳屍浪濤裡，有些人陳屍海灘上，有些人卻死在洪流中。我現在覺得自己是一股澎湃洶湧的巨浪，斯達巴克，我是真的老了。」亞哈船長彷彿十分感傷，聲音都沙啞了，「和我握個手吧，朋友。」

他們緊緊握住彼此的手，雙眼緊盯著對方，斯達巴克更是熱淚盈眶。

「船長，啊！我的船長，不要去吧！我們都知道你是個勇敢的人，也知道你的決心，但是你可知道我的心中有多麼痛苦！」

「放下去！」亞哈船長猛然甩開大副緊握的手，大聲命令：「水手們，出發吧！」船梢下的小艇立即一轉，迅速地划走了。

無數的鯊魚突然從船底下躍出，惡狠狠地咬起槳葉，牠們每咬一下便往海裡一潛，而且就這樣跟著小艇且咬且游。這些鯊魚群是「皮科德號」自發現白鯨以來首次見到的。

「你真是鐵石心腸呀！」亞哈船長站在小艇上，望著漸漸遠去的大船，喃喃說道，「把自己的生命放到這群飢餓的鯊魚中間，讓牠們張大嘴巴，跟在後面出去追擊，看到這種情景，你還有什麼話說呢？」他的眼睛掠過船側，望向遙遠的天邊，「今天是緊要關頭的第三天，如果把三天合併成一次連續不斷的緊急追擊，結果必定是：第一天是早晨，第二天是中午，第三天則是太陽下山，也是這整件事情結束的時候。」

幾艘小艇沒有划多遠，桅頂上的人打出手臂向下指的手勢，亞哈船長便知道巨鯨已經潛進水裡，他想等牠再冒出來時才靠近牠，於是將小艇稍微側斜地駛離大船，繼續前進。

突然間，小艇四周的海面陸續出現許多大水圈，大家屏氣凝神，繼而聽到一陣低沈的隆隆聲和水裡發出的唔唔聲，不一會兒，一個好像拖著許多繩索、魚叉和魚槍的巨大形體，從海中斜竄出來，在天空猛烈翻滾後，便跌回海裡，海水嘩啦啦地濺起有三十呎之高。

「前進呀！」亞哈船長對著槳手們大叫。幾艘小艇迅速衝向前去。

摩比．迪克一面向前游去，一面不斷用尾巴在小艇間攪來拌去，小艇被牠甩得散開了，二副、三副小艇上的刀槍全部摔入海中，兩艘小艇的前半截被撞得碎爛，而亞哈船長的小艇卻奇蹟似的幾乎沒有一點損傷。

白鯨繼續朝正前方游去，突然猛地轉身，露出整個腹側，然後牠向旁邊一閃，這時，只聽見一聲恐怖的尖叫聲，原來白鯨身上縱橫交錯的繩索中，纏著費達拉支離破碎的軀體，他那身黑衣已碎成片片，鼓脹的雙眼直瞪著亞哈船長。魚叉從亞哈船長的手中落下。

「是真的！原來是真的！」他張大了嘴，半天才吐出微弱的聲音，「費達拉，我看到你了，你果真先走了，難道這……這就是你所指的棺材？可是第二隻棺架在哪裡呢？」

這時，摩比·迪克筆直地向前游去，牠以極快的速度游動，好像在趕牠自己的路，結果幾乎擦到大船旁邊。

「亞哈呀！」斯達巴克叫道，「只要你放棄這個念頭，現在回頭還不算太遲哪。這是第三天，還來得及。其實不是摩比·迪克要找你，而是你發狂般地找牠呀！」

亞哈船長的小艇繼續緊追著巨鯨，在經過大船邊時，他認出倚在欄杆邊的斯達巴克，他大聲叫道：「把大船調過頭，跟著我們，但別駛得太快，記得保持適當距離。」然後繼續向下風疾駛。

白鯨的游速慢慢減緩，而亞哈船長的小艇依然在後緊追不捨，他們一直向前划，凶殘的鯊魚也絲毫不肯放鬆地緊跟在後，並不時咬住船槳，槳葉已被咬得參差不齊，到了後來，每划一下，海水只輕微晃蕩一下，惹得水手們怨聲連連。

「別理牠們，」亞哈船長並不在意，「那些鋸齒或許會幫你們的船槳做出新式的槳架。用力划呀！鯊魚的嘴巴只不過比這軟綿綿的海水稍強罷了。」

「可是，船長，」水手們十分為難，「牠這樣一口一口咬下去，薄薄的槳葉一下子就沒有了。」

「不會的，你們快點用力划呀！」亞哈船長忽然自言自語道：「天曉得這些鯊魚是趕來爭食巨鯨，還是準備拿亞哈來當晚餐？不管這些了，夥伴們，用力划呀，我們就要接近牠了。」

小艇衝向一邊，緊靠著巨鯨並排划去，巨鯨似乎不把小艇放在眼裡，亞哈高舉雙臂，把那支復仇的魚叉朝著可恨的巨鯨身上擲去，摩比．迪克斜斜翻轉身軀，牠緊靠艇頭的側腹猛然翻起，小艇翻了個身，水手們全摔了出去，亞哈船長沒有抓緊聳起的舷邊，也一併翻落海裡。

幾乎是同時，巨鯨也下了決心，像箭一般射入翻湧的大海。亞哈船長高聲要舵手把繩索撒得更遠，轉身又命令水手全速向獵物駛去，結果繩索受到兩邊的拉力而繃緊，在半空中啪的一聲斷了。

「什麼東西斷了？我的筋爆斷啦？」亞哈船長大叫起來，「咦？還是好端端的呀。划呀！各位，繼續划，向牠衝過去。」

巨鯨聽到小艇呼嘯而來的聲音，迅速轉身，抬起巨大的額角來抵抗，然而在牠轉身時，卻看到逐漸駛進的「皮科德號」，牠突然瘋狂起來，猛烈地朝大船船頭撲去，在四散紛飛的泡沫陣中張開大嘴亂咬亂嚼，在第一斜桅下的斯達巴克和史塔布也在這時看到那條凶暴的大獸。

水手們全嚇呆了，他們著魔似的緊瞪著巨鯨，這條巨鯨仍不停地晃動牠的大頭，牠一面猛衝，一面噴出一串串半圓形的霧沫。然後那條滿懷憤恨的巨鯨，開始惡毒地用牠堅硬的額頭猛撞船頭的右舷，船身受到強力震動，有些水手俯跌入海中。

「大船！棺架——」亞哈船長在小艇上高聲叫道，「啊，原來大船就是第二隻棺架，」他的聲音裡有掩不住的悲愴，「美國出產的木頭呵。」

這時巨鯨已潛到大船底下，船隻的龍骨被牠頂撞得軋軋作響，牠在水裡翻個身，猛然射出水面，在距離亞哈船長小艇僅僅數碼的地方落下，然後一聲不響地浮在水面上。

亞哈船長激動地吼叫起來：「你這殺人不眨眼而又無法征服的惡魔，我會跟你拼鬥到底，你別得意，即使你逃進地獄我也會找你算帳，最後我還會把唾沫啐在你臉上。讓所有的棺材和棺架都沈到海底算了，既然我什麼都撈不到，乾脆讓我被拖成碎片吧！雖然你緊拖著我，我還是會繼續追擊你，你這該死的白魔。」

亞哈船長隨即將魚叉擲了出去，中槍的巨鯨向前狂奔，繩索糾纏一團，亞哈船長彎下身去解開繩索，繩圈飛旋過來，兜住他的頸子，亞哈船長來不及呼叫，就這樣無聲無息地被拖出艇外。過了一會兒，那根粗大的索尾從索桶內倏地射出，撞倒一名槳手，隨即落入水中。

小艇上的水手怔了半晌，才如夢初醒。「大船呢？老天，大船到哪兒去了？」

越過一層朦朧的霧氣，他們看到傾斜而逐漸沈沒的船影，只有幾根桅頂還露在水面上。而這艘小艇，連同所有的水手、漂盪的木槳、魚槍都順著漩渦轉呀轉的，最後被巨大的漩渦吞噬。

「皮科德號」沈沒了，連一小片木片都沒有留下來。

伊斯梅爾從小艇摔落海中，他游了一會兒，然而緩緩下沈的「皮科德號」所漩成的大渦流，一直將他吸向那個漩渦，他拚命掙扎，卻抵不過漩渦的力量。這時，掛在「皮科德號」後側那口用棺材做成的救生圈的彈簧突然彈開，從水裡射向天空，再落下來時，漂到伊斯梅爾旁邊，他緊緊攀住它，藉著棺材的浮力，他沒有沈下去。

茫茫大海上，伊斯梅爾孤獨地與浪濤搏鬥，鯊魚在他身邊游來游去，尖喙駭人的海鷹隨時可能俯衝下來，他悲哀地想著自己的渺小和無助，而求生意志卻一直支撐著他。

經過一天一夜，地平線上終於出現一個船影，那艘船漸漸靠近，原來是「拉吉兒號」，那個船長又回來尋找他失蹤的兒子，沒想到救起的卻是伊斯梅爾。

咆哮山莊

艾蜜莉・勃朗特著

美國哥倫比亞大學文學博士
成維安譯

愛極、恨極，愛與恨同樣的天長地久。
昔日的戀人早已香消玉殞，
然而他怨怒的復仇，不曾止歇⋯⋯。
英國著名女作家艾蜜莉・勃朗特，
以其激情奔放的想像、極度衝突的筆鋒，
傾訴一則熾烈而憾人靈魂的愛情故事，
呈現十九世紀狂放浪漫文學之新感受。

美國伊利諾大學文學博士/胡慶生
美國華盛頓大學文學博士/陳琳秀
奧地利維也納大學文學博士/酆哲生
推薦

定價/340元◆特價/199元

我們改寫了書的定義

創辦人暨名譽董事長　王擎天
董事長　王寶玲
總經理　陳金龍
副總經理　歐綾纖　　總編輯　歐綾纖
出版總監　王寶玲　　印製者　和楹印刷公司

➤台灣出版事業群　台北縣中和市中山路2段366巷10號10樓
TEL：(02) 2248-7896 FAX：(02) 2248-7758

➤台北出版事業群　台北市中正區博愛路36號3樓
TEL：2382-5180・2331-2810
FAX：2331-5211

➤倉儲及物流中心　台北縣中和市中山路2段366巷10號3樓
TEL：(02) 8245-8786 FAX：(02) 8245-8718

國家圖書館出版品預行編目資料

白鯨記／赫曼・梅爾維爾著．— 初版.
— 臺北縣中和市：華文網，2008［民97］
面；　公分・ —（世界文學；04）
ISBN 957-0446-89-7（精裝）

874.57　　89012691

Moby
Dick

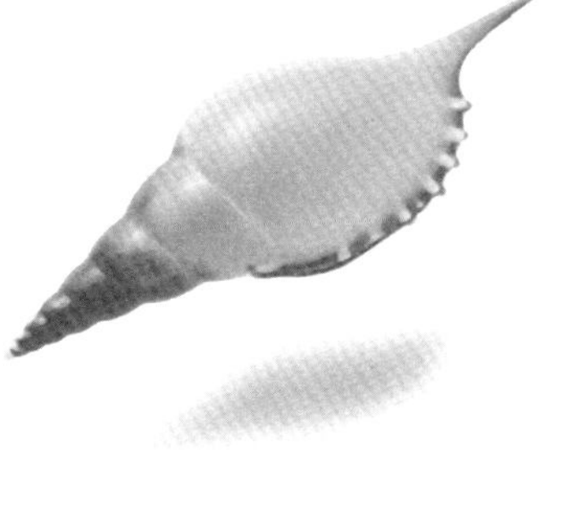

崇文館
最尊重作者與讀者的線上出版集團
www.book4u.com.tw

白鯨記

出版者◤全球華文聯合出版平台・崇文館
作者◤赫曼・梅爾維爾
印行者◤崇文館
品質總監◤王擎天
出版總監◤王寶玲
文字編輯◤李怡萱
總編輯◤歐綾纖
美術設計◤蔡億盈

郵撥帳號◤50017206 采舍國際有限公司（郵撥購買，請另付一成郵資）
出版中心◤台北縣中和市中山路2段366巷10號10樓
電話◤（02）2248-7896
傳真◤（02）2248-7758
ISBN◤957-044-689-7
出版日期◤2008年最新版

全球華文國際市場總代理◤采舍國際
地址◤台北縣中和市中山路2段366巷10號3樓
電話◤（02）8245-8786
傳真◤（02）8245-8718

全系列書系特約展示門市
橋大書局
地址◤台北市南陽街7號2樓
電話◤（02）2331-0234
傳真◤（02）2331-1073

新絲路網路書店
地址◤台北縣中和市中山路2段366巷10號10樓
電話◤（02）8245-9896
網址◤www.silkbook.com

線上pbook&ebook總代理／華文聯合出版平台
台北縣中和市中山路2段366巷10號10樓
主題討論區／www.silkbook.com/bookclub ●新絲路讀書會
紙本書平台／www.book4u.com.tw ●華文網網路書店
瀏覽電子書／www.book4u.com.tw ●華文電子書中心
電子書下載／www.book4u.com.tw ●電子書中心(Acrobat Reader)